Ma famille, mes amours, mes emmerdes !

DE LA MEME AUTRICE

Débarquez-moi… ou je fais un malheur ! 2023, roman, tome 1, BoD Éditions

Aimez-moi… ou je fais un malheur ! 2024, roman, tome 2, BoD Éditions

Souvenirs d'enfance 2024, recueil au profit de l'Association Petits Princes, BoD Éditions

Dites-moi que Noël est annulé ! 2024, comédie de Noël, BoD Éditions

ISABELLE DIENIS

Ma famille, mes amours, mes emmerdes !

Roman

© Illustration de couverture : Shvets

© 2025, Isabelle Diénis
Édition : BoD · Books on Demand, 31 avenue Saint-Rémy, 57600 Forbach, bod@bod.fr
Impression : Libri Plureos GmbH, Friedensallee 273, 22763 Hamburg (Allemagne)
ISBN : 978-2-3225-5275-7
Dépôt légal : mars 2025

« Sème un acte, tu récolteras une habitude ;
Sème une habitude, tu récolteras un caractère ;
Sème un caractère, tu récolteras une destinée ».

Dalaï-Lama

« Écrire, ce n'est pas vivre.
C'est peut-être survivre ».

Blaise Cendrars

1- Qu'on me redonne l'envie

Je m'appelle Stéphanie, Steph pour les intimes. Sept années se sont écoulées depuis notre mémorable croisière et cinq autres depuis que mon mari, Thomas, a eu l'accident de voiture qui a failli lui être fatal.

Juliette et Baptiste, nos jumeaux, viennent d'avoir dix-neuf ans et cherchent encore un peu leur voie, comme beaucoup de jeunes aujourd'hui.

Charlotte, notre « petite dernière » comme j'aime bien la surnommer, va déjà passer son baccalauréat de français à la fin de l'année scolaire. Je n'en reviens tout simplement pas !

Il est vrai que nous avons traversé une grosse tempête suite à tous ces évènements (dépression de Gaby, ma belle-mère, croisière mouvementée, mon hospitalisation puis celle, beaucoup plus grave, de mon mari).

Mes parents sont restés longtemps à notre domicile ainsi que Gaby, sur une trop longue durée à mon goût en ce qui concerne cette dernière.

Elle m'en a énormément voulu après l'annonce du coma de son fils et m'a même tenue pour responsable de son accident de voiture. Elle ne manque vraiment pas d'air cette femme décidément !

Heureusement que mes enfants et mes parents m'ont soutenue sinon je crois que je n'aurais pas tenu le choc, voire complètement sombré.

La vie a continué pour Clémentine, Charlotte, Juliette et Baptiste. La vie de lycéen, d'étudiant, mais surtout d'humain.

Ils ont grandi beaucoup trop vite avec tout ça.

Je ne vous cache pas que ce fut difficile pour tout le monde.

Si je voulais faire un peu d'humour je dirais qu'aujourd'hui mon mari a un peu « levé le pied » sur sa carrière, enfin je crois, pas certaine du tout. N'a-t-on pas coutume de dire : « Chassez le naturel, il revient au galop ? ». Sans vouloir être méchante : telle mère, tels fils, il me semble.

Je ne suis pas cruelle, je reste juste lucide et ne souhaite cette situation à personne même si, parfois, je ne sais plus où j'en suis. Alors j'évite de me poser trop de questions et tente de vivre au jour le jour. C'est ce que tout le monde devrait faire sauf que l'on ne s'en rend pas compte tant que l'on n'a pas traversé un épisode difficile ; une vraie leçon de vie ces dernières années.

Je n'aime d'ailleurs pas me remémorer l'appel de la police m'annonçant que mon mari était à l'hôpital. Pourquoi avait-il pris cette maudite voiture après une énième dispute ?

Et j'aime encore moins me souvenir de l'état dans lequel j'étais lorsque je suis arrivée aux urgences et que le médecin m'a expliqué qu'il était dans le coma. La police enquêtait pour déterminer si c'était un simple accident, s'il était en état d'ivresse ou s'il y avait eu une défaillance technique. Toutes les hypothèses devaient être envisagées.

La voiture était bonne pour la casse, c'était le moindre de mes soucis. Je m'en voulais tellement de lui avoir asséné aussi brutalement la nouvelle de mon départ pour accompagner des pèlerins sur le chemin de Compostelle.

En y repensant, je n'aurais jamais dû procéder de la sorte. Je m'étais prise pour la nouvelle Maud Ankaoua, la fameuse autrice de plusieurs *best-sellers* en développement personnel, ou quoi ? Il s'était retrouvé entre la vie et la mort à cause de moi.

Cinq ans plus tôt...

2- Cabourg, mon amour

Juste après l'accident, les premiers arrivés pour nous soutenir furent mes parents. Ils ne se sont pas posé de question n'habitant qu'à quelques kilomètres de la capitale. Ils voulaient être à mes côtés pour m'aider avec les enfants, être présents pour nous tous dans cette épreuve.

Il faut que je passe énormément de temps auprès de mon mari puisqu'il paraît que les personnes qui se retrouvent dans le coma ont constamment besoin d'être stimulées.

C'est difficile à vivre car on ne sait pas s'ils nous entendent (de nombreuses expériences ont démontré que si) et la question est surtout la suivante : y aura-t-il un réveil et, si oui, dans combien de temps et dans quel état ?

Selon certaines études, quarante pour cent des personnes se réveillent et parmi elles, la plupart ne gardent que peu, voire pas, de séquelles de leur état comateux. Il faudrait véritablement que j'évite d'aller sur Google pour lire tout et n'importe quoi.

Peut-on s'en empêcher ? Les médecins ne semblent pas trop vouloir se prononcer, je ne peux naturellement que penser au pire et chercher des réponses sur les nombreux forums. Que la personne qui n'a pas fait cela me jette la première pierre !

Mes parents essayent de gérer au mieux la logistique : courses, ménage, devoirs des enfants, notamment concernant Charlotte qui passe son baccalauréat de français, les promenades avec Donut, le petit potager de notre jardin.

Maman ne manque pas de me dire qu'elle est passée mettre un cierge à l'église. Cela m'agace car je ne crois plus du tout en Dieu avec toutes ces épreuves, moi.

C'est sa façon à elle d'avancer, d'y croire pour nous tous. Elle va aussi très, même un peu trop, régulièrement à la messe : deux soirs par semaine ainsi que le dimanche matin. Personne ne veut l'accompagner, même mon cher papa sature. Au départ, il acceptait son engagement catholique ; aujourd'hui il pense comme moi, sans oser le dire à ma mère bien sûr.

Pour s'occuper, il prend soin des plantes de notre jardin et surtout du mini potager que nous avons mis en place il y a quelques années de cela. Au début c'était parti d'une lubie de Clem qui, je vous le rappelle, un jour était végétarienne, voire vegan, et le lendemain plus du tout.

Dernièrement, Charlotte, enchantée par cette initiative, a même décidé de rapporter du fumier de cheval pour faire de l'engrais. Les jumeaux ont été horrifiés tellement ça sentait mauvais, mais, après recherches, il s'est effectivement avéré que le fumier de cheval se révélait riche en éléments nutritifs : un engrais naturel de qualité pour un jardin ou un potager.

Mon père, qui l'emmène à l'équitation, se voit dorénavant en charge de la gestion du fumier ! Il a fallu installer un bac spécifique pour ne pas en mettre partout dans le coffre de son véhicule et rouler fenêtres ouvertes vu l'odeur.

Mais tout ça, c'est la partie plaisante de l'épreuve. Le pire à venir est le retour de... Gaby ! Car, dès l'annonce du drame, elle n'a pas pu s'empêcher de prendre un billet d'avion. Un aller, enfin, plutôt un retour-simple. Elle a planté son Italien, le Lac de Côme, la villa et le Riva. Ce n'était pas nécessaire vu l'état de Thomas.

Comme mes parents sont à mes côtés, elle veut faire de même. Surtout que c'est son fils à elle et que je me retrouve de nouveau dans le rôle de la méchante, même si je ne me suis pas trop étendue sur tout ce qui a précédé le départ de son fils en voiture en pleine nuit. Sinon elle aurait été capable de me décapiter !

3- Ma che cosa fai ?

Retour à *casa mia*.

Ma belle-mère n'était pas arrivée depuis une heure qu'elle commençait déjà à tout régenter, j'avais l'impression de faire un mauvais retour en arrière lorsqu'elle avait débarqué de Bretagne plusieurs années auparavant pour une durée-non-déterminée.

Bien évidemment elle pensait être la seule à pouvoir l'en sortir.

La loger fut particulièrement difficile à supporter, mes parents et elle n'ayant absolument pas le même mode de fonctionnement ni les mêmes opinions, sinon totalement opposés.

Mais je ne pouvais en aucun cas lui refuser sa présence chez nous. On a dû se serrer et bien peser chaque mot prononcé, Madame-ma-belle-mère étant tellement susceptible.

Déjà, lorsqu'elle a débarqué à l'aéroport, il a fallu aller la récupérer car elle a tout de suite refusé de prendre un taxi. Un chauffeur voudrait peut-être lui voler ses bagages par le plus grand des hasards ? Ce n'est pourtant pas compliqué de se faire véhiculer de nos jours. Elle n'avait pas confiance… Ben voyons !
À peine arrivée, elle commençait déjà à nous pourrir la vie !

Mon père a rongé son frein, il y est allé, mon brave papa qui ne parle pas beaucoup et qui n'en pense pas moins. Que j'aime son calme, sa sagesse, il faudrait prendre exemple sur lui.

La voiture est grande, il a fallu la mettre en break : il n'y avait pas moins de sept valises ! Je ne sais pas comment elle a fait pour embarquer avec. Mystère, la connaissant, plus rien ne m'étonne.

Et voilà que, dès son apparition, elle nous sert un mélange de franco-italien, pas trop pratique ; tellement drôle pour elle visiblement.

En arrivant chez nous, j'ai vu la tête de mon père, je savais que ça n'irait pas, même en prenant sur lui.

— Je vais de ce pas me reposer dans la chambre de mon fils, merci de monter mes bagages !

— Bonjour Gaby. Cette chambre étant également la mienne, nous vous avons installée dans la dépendance à côté de la maison.

— Quoi ? Vous ne m'accueillez pas chez V-O-U-S ?

— C'est chez nous aussi et vous y serez bien plus tranquille.

— Je ne veux pas être tranquille, je veux que ça bouge, je veux de la vie, moi !

Mon père s'est levé, je lui ai fait signe de laisser tomber, il n'était en aucun cas son majordome. Comment peut-elle se permettre de parler de vie alors que Thomas, son propre fils, est dans le coma ?

J'ai demandé aux enfants de bien vouloir déposer ses valises dans l'annexe de notre maison. Mes parents ne sont plus tout jeunes et je ne veux pas qu'ils se cassent le dos. Que renferment ces bagages d'ailleurs ? Aucune idée, avec elle, tout est possible.

Notre adorable toutou, Donut, a l'air très intéressé par l'une d'entre elles. On apprendra plus tard qu'elle était remplie de charcuterie italienne. Je n'y croyais pas, une valise entière avec de la nourriture, elle n'évoluera donc à aucun moment.

Ce soir, nous mangerions italien, une valise en moins ! Donut confirme une fois de plus avoir un bon flair : de la charcuterie, des panettones, du vin, des gressins, bref, un traiteur à elle toute seule belle-maman !

Dans une deuxième valise, il y a des cadeaux pour tout le monde. Elle est pressée de les offrir, nous le sommes beaucoup moins de les recevoir connaissant ses goûts.

Pour les plus jeunes, elle a acheté plein de vêtements de marques italiennes dans plusieurs tailles, ne connaissant pas celles actuelles de ses petits-enfants. On y trouve des pantalons, des petits hauts, des baskets à n'en plus finir et j'en passe. Mes enfants, eux, semblent aux anges, la chance, pour un peu je les envierais, ne sachant pas quel cadeau elle a pu me dégoter !
Pour mes parents, elle a rapporté des objets religieux : maman a adoré, papa pas du tout.
Reste mon cadeau. N'a-t-on pas coutume de dire « C'est le geste qui compte » ? Sauf que là, la pilule n'est vraiment pas passée en ce qui me concerne.
Je n'ai pas été déçue. Pourtant ça partait bien car, à travers le papier cadeau, il m'a semblé sentir quelque chose qui s'apparentait fortement à un livre.
Bingo, c'est bien un livre, mais pas n'importe quel livre ! Il s'agit de celui de Cesare Pavese : *Le Métier de vivre*. Quand on sait que c'est son journal intime qui se déroule entre les années

1908 et 1950 et que l'écrivain s'est suicidé dans une chambre d'hôtel en absorbant une vingtaine de cachets de somnifères…

Veut-elle me faire passer un message ?

Sûrement, si l'on envisage la vie comme un métier.

Qu'en est-il pour Thomas, réalise-elle qu'il est actuellement plutôt du côté de la mort et que ce livre ne va pas m'être d'une grande utilité en ce moment ? Un *feelgood* ou un *cosy mystery* aurait été nettement plus approprié.

Il ne faut pas trop en demander à Gaby qui fait rarement dans la dentelle.

4- Thomas, ne t'en va pas

Quelques jours après l'arrivée de Gaby, l'hôpital m'a appelée vers trois heures du matin. Je déteste cette heure qui n'indique jamais rien de bon. L'état de mon mari s'étant subitement aggravé, le médecin de garde m'a demandé de me rendre immédiatement à son chevet.

Je ne sais pas s'il faut que je réveille tout le monde.

Si Thomas ne veut plus s'accrocher à la vie, qu'allons-nous devenir ?

Clémentine m'a entendue, pourtant je n'ai pas fait de bruit. Mes larmes coulent sans s'arrêter, je n'arrive plus à prendre sur moi.

Elle me tend un mouchoir, se prépare rapidement et m'accompagne.

Je n'ai pas le droit de lui faire vivre cela à seulement vingt-deux ans.

Elle me répond qu'elle est adulte et plus une petite fille, comme je la vois encore.

Effectivement, aujourd'hui, c'est une belle jeune femme.

Ensemble nous prenons un taxi, nous n'en menons pas large.

Arriver en pleine nuit dans un hôpital, devoir se préparer au pire, je ne souhaite cela à personne, même pas à mon pire ennemi.

Mon mari reste en permanence branché de partout depuis des semaines. Je n'arrive pas à m'habituer à cette odeur horrible, l'odeur de la mort qui plane, qui semble nous narguer.

Ma mère va souvent à l'église, elle met des cierges, récite des « Notre Père » et des « Je Vous Salue Marie ».

Moi je ne veux plus faire appel à Dieu, pourquoi nous oblige-t-il à endurer toute cette souffrance ?

Dès notre arrivée, impossible d'approcher de sa chambre, j'entends biper de partout, j'ai l'impression que mes jambes vont me lâcher. Je tangue, mais pas comme sur un paquebot. Infirmières et médecin se précipitent vers Thomas et nous demandent de nous écarter.

Il nous faut patienter dans le couloir. C'est difficile d'attendre et cela me fait remonter de mauvais souvenirs. J'ai également dû séjourner à l'hôpital à la fin de notre inoubliable croisière orchestrée par ma belle-mère, celle où j'ai bien failli laisser ma tête.

5- Tout se joue à l'hôpital

Cette nuit j'ai vraiment cru perdre mon mari. Et puis je ne sais pas ce qu'il s'est passé, s'il faut remercier Dieu, Sainte Rita, la Madone ou n'importe qui d'autre.
Il s'est réveillé !
Le personnel de l'hôpital était stupéfait, Clem et moi complètement déboussolées.
Nous étions venues en pensant le perdre et il a finalement ouvert les yeux.
On dirait un mort-vivant.
Tellement d'émotions se succèdent pour nous deux, entre larmes et rires, c'est nerveux même si l'on est persuadées que la suite sera compliquée.
Le plus important est son réveil, il sort « enfin » du coma après quasiment plus d'un mois et demi dans cet état. Magique pour tout le monde même si l'on ne sait pas du tout à quoi s'attendre après.
Je voudrais prévenir toute la famille, mais il faut indéniablement qu'il se repose. Et si l'ouragan Gaby débarque, cela ne peut que devenir compliqué à gérer pour le médecin et son équipe, même si Thomas est son fils.
Mes parents et mes enfants ont le droit de connaître la bonne nouvelle aussi. Ils voudront sans nul doute venir, surtout Charlotte qui est à fleur de peau depuis quelques semaines.

Pour Donut, impossible de l'amener à l'hôpital même s'il est désormais prouvé que les animaux sont de très bons remèdes pour les humains, on devrait y réfléchir tellement ils font du bien au moral, que ce soit pour les enfants ou pour les adultes. Différents EHPAD commencent d'ailleurs à accepter des animaux de compagnie et je trouve cela tout simplement formidable.

Selon certains médecins ce n'est pas hygiénique, mais si la présence d'un chat ou d'un chien peut redonner espoir, voire aider à guérir, alors pourquoi hésiter ?

Nous ne pouvons pas rester très longtemps, il ne faut pas fatiguer Thomas qui tente de recouvrer ses esprits et comprendre pourquoi il se retrouve hospitalisé.

Vers sept heures du matin, nous regagnons notre domicile avec un taxi, épuisées physiquement et psychologiquement. Nous allons pouvoir nous reposer afin de reprendre des forces et faire face à « l'après-coma ».

6- La loi de Murphy

Le répit est de courte durée car, deux jours plus tard, le conjoint d'Audrey (rencontré lors d'un stage de développement personnel) me téléphone complètement en panique. Vous vous souvenez de mon amie, assistante lorsque j'étais journaliste (quand nous passions de bons moments chez Gino, notre restaurant italien préféré) et maintenant mon employée ? Elle doit rester alitée plusieurs mois à cause de sa grossesse.

D'ailleurs tous nos problèmes sont partis de là en fait. Inutile de lui reprocher, ce n'est absolument pas de sa faute si elle s'est retrouvée enceinte et si en plus cela se déroule mal.

Décidément ce n'était pas une bonne idée cette route de Compostelle. J'avais voulu la remplacer au pied levé : maintenant mon mari est à l'hôpital et un très mauvais pressentiment m'envahit concernant ma sœur de cœur.

Son conjoint, en larmes, m'explique qu'elle a des saignements, des douleurs terribles et qu'on la transporte à la maternité à seulement six mois de grossesse.

Nous savons tous qu'il y avait beaucoup de risques pourtant elle veut y croire, on veut toujours y croire lorsque l'on porte la vie.

Je le sais bien puisque, pour mes jumeaux, j'en ai bavé et j'ai failli y passer suite à une erreur médicale (non reconnue par l'hôpital, évidemment). Faire une hémorragie onze jours après l'accouchement alors que l'on souffre affreusement, s'entendre dire par le personnel que « la patiente s'écoute un peu trop » et peut rentrer chez elle. Au final l'interne n'avait pas été fichu de retirer tout le placenta après ma césarienne ! Il paraît que c'est très rare. J'aurais bien eu envie de leur répondre « heureusement ! ».

Audrey, elle, vient de perdre son bébé. Son petit cœur s'est subitement arrêté de battre et, le pire, c'est qu'il a fallu qu'elle accouche.

Aucune maman ne devrait avoir à vivre cette horreur.

Son couple n'a pas résisté, comme beaucoup dans ces circonstances alors qu'il vaudrait mieux s'épauler.

Elle vient se réfugier au sein de notre foyer, il faut se serrer, elle s'installe dans ma chambre.

Je n'en pouvais plus de dormir seule ; elle ne pouvait rester isolée ou dormir dans le salon où il y a bien trop de va et vient avec enfants, parents, belle-mère et chien.

Nous l'entourons bien.

Audrey et son conjoint ne méritaient pas d'avoir à affronter cette épreuve, nous non plus d'ailleurs.

La vie est tout simplement injuste, comme on a habituellement coutume de le dire dans notre famille, où nous avons quand-même tendance à cumuler les épreuves. Il en existe plus qu'on ne le croit des lignées comme nous, même s'il faut relativiser. Malgré ces deux drames, mes quatre enfants sont en bonne santé, nous avons un toit sur la tête et mangeons à notre faim.

Clem me dit que ce sont des familles maudites, il faut croire que c'est notre lot en ce moment.

Fichue loi de Murphy, franchement, je commence à saturer.

7- Ma révolution by Clem

Je regarde ma Clem qui m'a bien épaulée durant tous ces mois.

Elle aussi est bien entourée.

Vous vous souvenez de Clément, le fameux *crush* à la soirée post bac ? La bibliothèque, le champagne…

Certes, il pourrait être son père rapport à son âge, toutefois il paraît que l'amour n'a pas d'âge. Après, nous entrons dans un débat dont je n'ai pas du tout envie. Une jeune femme avec un homme plus âgé, ça passe mieux que le contraire.

Personne n'est encore dans la confidence, à part moi. J'ai peur de la réaction de mes parents. Quant à Gaby, elle pourrait nous faire une crise cardiaque et ce n'est vraiment pas le moment. En même temps, on serait tranquille une bonne fois pour toutes (c'est de l'humour, n'en doutez pas une seule seconde !).

Clem poursuit ses études en école de journalisme, elle est passionnée (on aime écrire dans la famille donc ça semblait la voie logique).

D'ailleurs, durant plusieurs mois, elle aide beaucoup Audrey qui voulait depuis de nombreuses années écrire un livre.

Le sujet a changé vu ce qu'elle a vécu avec la perte de son bébé, ce n'est plus un *feelgood*, il fallait qu'elle évacue sa souffrance en écrivant un témoignage sur son drame. Elle a posé des mots sur ses maux.

Clem s'est improvisée correctrice, elle a minutieusement cherché les fautes d'orthographe, de grammaire, de syntaxe, a travaillé sur la typographie et la mise en page. C'est beaucoup de travail en fait, on ne s'imagine pas. Le livre, c'est juste la partie émergée de l'iceberg. On ne se rend pas compte de toutes les tâches à accomplir. Quand on fait plusieurs relectures pour traquer les fautes, à la fin on ne voit plus rien. Dans ce cas, il faut un regard neuf, c'est essentiel.

Ce livre lui fait beaucoup de bien ainsi que toutes les rencontres qui en découlent. Incroyable mais vrai, elle trouve très rapidement une maison d'édition et tout s'enchaîne très vite. Clément lui crée une magnifique couverture (tellement important pour les lecteurs, et l'auteure surtout). Et Audrey reçoit très vite des invitations à la télévision et à la radio pour en discuter ce sujet touchant énormément de monde.

On ne raconte pas assez la douleur des femmes qui vivent ces choses-là.

Sur un plateau de télévision, elle vient de rencontrer un journaliste très sympathique. Il est bien trop tôt pour qu'elle envisage une idylle, mais mon petit doigt me dit que cela pourrait déboucher sur une belle histoire.

Elle n'a cependant pas retrouvé toute sa joie de vivre à ce jour, c'est normal, il faut laisser le temps au temps qui est souvent le meilleur des alliés pour panser les blessures.

8- Laissez-moi chanter, danser, en liberté

Gaby est tellement folle de joie d'apprendre le réveil de Thomas qu'elle nous met la musique à fond pour un karaoké.

Mon père enfile ses boules Quies et part lire son journal dans sa chambre. Pauvre papa qui subit beaucoup et se plaint rarement !

Ma mère se met à cuisiner pour un régiment, sa façon à elle de décompresser.

Seuls les enfants semblent heureux de retrouver enfin un peu de vie à la maison.

Audrey se déguise en Beyoncé ; moi en Julien Doré, forcément !

Du grand n'importe quoi, mais que ça fait du bien de pouvoir enfin se lâcher après tous ces mois laborieux !

Charlotte, Juliette et Baptiste se chamaillent pour le choix des chansons, puis notre benjamine lance un « C'est trop nul ! » et elle va regarder une série sur Netflix.

Clem s'approche de moi, me fait un clin d'œil, enclenche la chanson de Julien Doré et nous sommes tous partis « Sur les bords du lac ». « Tu te souviens ? », me dit-elle. Eh oui, ce mémorable concert.

Il faut que je vous raconte que j'ai osé récidiver en 2025. Cette fois-ci, avec Audrey, « Ouf ! » s'est exclamée Clémentine.

De retour à l'Accor Arena de Bercy (avec réservation plus de dix-huit mois à l'avance), sûrement un des derniers concerts de Juju qui souhaite faire des choses radicalement différentes par la suite, donc impossible de louper ces deux dates-clefs sur Paris.

Clem n'a pas voulu venir. Bizarre, non ? Juste pour le *fun* je n'ai pas oublié de lui rapporter un petit cadeau : un miroir de poche. Sympa et utile. Il faut quand même reconnaitre qu'il fait de super *shows* et qu'il n'est pas désagréable à regarder. Enfin, moi, je trouve. Je sais bien qu'il est en couple, qu'il est plus jeune que moi et qu'il a un enfant, mais ça fait toujours du bien de voir un beau mec. Chacun ses goûts, évidemment !

Il a fêté ses quarante-deux ans en juillet 2024 en pleine préparation de la sortie de son nouvel album *Imposteur*, tout un programme.

De superbes reprises et trois duos avec Hélène Ségara, Francis Cabrel et… Sharon Stone, carrément ! Des barrettes figurent sur les pochettes des CD et des vinyles, au choix : dorées, rouges ou noires. Choix cornélien pour tous les fans, comme vous vous en doutez. Et de nombreuses surprises ensuite tout au long de sa tournée.

9- Step by step, les études des enfants

Juliette et Baptiste n'aiment toujours pas l'école. Enfin, c'est plutôt l'école qui ne les a jamais appréciés.
On ne redouble plus de nos jours alors ils ont eu leur bac, de justesse (chut, l'important étant de l'obtenir).
Puis il a fallu choisir des voies, encore et encore.
Pour moi, il existe beaucoup de voies de garage, sauf qu'il faut laisser les enfants trouver la leur, dixit les professeurs que je ne remercie pas au passage.
Parfois cela peut prendre beaucoup de temps, des années, voire une vie.
Certains restent chez leurs parents jusqu'à trente-cinq ans, genre Tanguy, d'autres partent et reviennent... avec des enfants. Visiblement c'est le lot de nombreux parents. Il faut bien s'entendre avec son conjoint et faire un enfant pour de bonnes raisons, surtout pas pour rabibocher un couple, cela fonctionne rarement sur le long terme un « enfant-pansement ». Il faut un minimum d'entente entre les parents notamment sur l'éducation du bambin. Si les fondamentaux ne sont pas respectés entre la maman et le papa, il lui sera très difficile d'évoluer dans de bonnes conditions.
Et puis on est bien assez nombreux comme ça ici et je leur ai fait comprendre qu'avant de faire un bébé il fallait se trouver un travail stable et un appartement.

Pour le moment, c'est loin d'être le cas ou alors pas une fratrie, le rêve d'un enfant unique peut-être ? Je remarque que l'on n'est jamais content. Moi je rêvais d'un grand-frère et d'une petite sœur.

Baptiste continue ses études dans l'informatique, la bonne excuse pour passer son temps sur l'ordinateur avec sa chaise de gamer. Elle coûte une blinde, mais comme il participe à plein de concours, il l'a gagnée.

Histoire de ne pas mourir idiote, j'ai voulu l'essayer. On peut se mettre en position assise ou allongée, c'est carrément hallucinant.

Désormais je comprends mieux pourquoi certains joueurs peuvent passer leur nuit sur l'ordinateur en oubliant de se nourrir.

Pour ma part, je n'ai pas été convaincue car j'ai failli me casser la figure en voulant voir si l'on pouvait effectivement dormir dessus. J'ai trituré la bestiole, vraiment trop technique pour moi cette chaise.

Juliette a commencé des études dans le marketing, est-ce véritablement son choix ou Clémentine l'aurait-elle influencée ? Comme le disent les enseignants, nos enfants doivent choisir et vivre leurs expériences. Pour ma part, j'ajouterais que souvent les parents subissent, *no comment*.

Clem l'a bien aiguillée et elle s'occupe de son compte « SoClem » créé avec sa meilleure amie depuis les années-lycée et qui continue à cartonner. Je n'ai pas bien compris leur micmac sauf que ça fonctionne admirablement.

Elles en reçoivent des colis, je pourrais ouvrir une annexe de La Poste ! En plus je pense être beaucoup mieux organisée que chez eux qui perdent constamment lettres et colis, même les recommandés. Un jour un facteur s'est permis d'imiter ma signature ; il avait juste pris la peine de faire une croix. J'ai déboulé à La Poste, et là, stupeur, on m'a répondu que la supercherie était bien connue de leurs services. Je n'avais qu'à aller déposer plainte au commissariat. Elle n'est pas bonne, celle-là ? Pas capable de gérer leurs employés et c'est aux clients d'aller porter plainte ! J'hallucine. Accomplir cette démarche serait la meilleure façon de ne plus jamais recevoir de courrier dans ce cas.

10- Gaby : tu pars ou tu pars pas ?

J'ai fait comprendre à ma « charmante » belle-mère qu'elle peut désormais repartir chez elle puisque Thomas, après plusieurs semaines de rééducation avec kinésithérapeute, orthophoniste, neurologue (et toute la batterie de médecins l'ayant suivi) est désormais rétabli.
— Mais c'est où chez moi, maintenant ?
— Lino doit vous attendre avec impatience.
— Ah, ma pauvre, je ne veux plus jamais entendre parler de lui !
— Pourquoi ? C'est fini entre vous ?
— Je préfère ne pas évoquer ce sujet qui me fend le cœur.

Qu'est-ce qui a bien pu se passer ? Elle joue de nouveau sa *drama queen* comme dirait Charlotte. Et si c'était la vérité ? Comment le savoir avec un tel personnage.

— Vous pourriez retourner en Bretagne pour respirer le bon air marin ? (Pas hyper convaincant, j'avoue).
— Tu me chasses ?

— Non, on aimerait juste se retrouver un peu en… famille (Zut, je n'ai pas réfléchi en prononçant ce mot et je sens déjà la foudre s'abattre sur moi).

— Tu insinues que je ne suis pas de la famille après tout ce que j'ai fait pour vous ?

— Ce n'est absolument pas ce que j'ai voulu dire. Vous aspirez peut-être à un peu plus de calme (sous-entendu : si ce n'est pas votre cas, c'est le mien).

— Mais Steph, j'adore avoir du monde autour de moi. En Bretagne, je serai seule, abandonnée… *(sortez les mouchoirs !)*.

Je retrouve là notre Gaby dans toute sa splendeur car je peux vous affirmer qu'à Saint-Servan ce n'est en aucun cas la fin du monde. Notamment durant les vacances scolaires où tous les estivants débarquent… en famille !

— Et puis vos parents sont encore ici, eux.

— Effectivement, ils ne vont pas tarder à repartir.

— En Normandie, dans le XXIe arrondissement parisien, à deux heures de route d'ici.

Ce n'est tout de même pas de ma faute si la Bretagne est plus loin que la Normandie ! Et qui a décidé d'aller vivre là-bas ? En plus, en train, Montparnasse-Saint-Malo il faut compter 2h20 et cinq minutes de taxi dorénavant. Attention à ne pas emporter trop de bagages par contre (j'en rigole toute seule).

Sentant que le terrain est glissant, j'abrège la conversation.

— Vous pouvez rester tant que vous le voulez.

— Je préfère cela, ma petite Steph, je préfère.

Je ne suis pas petite et je ne suis pas sa Steph, elle m'agace ! Moi qui avais pourtant cru qu'elle changerait aux côtés de son bel Italien. Finalement, c'est mission impossible pour elle. On s'améliore ou on devient de plus en plus idiot en fait. C'est bête à dire sauf que c'est la stricte vérité.

A-t-elle été avec Lino juste pour l'argent, le paraître ou que sais-je une fois de plus ? Je m'en fiche car cela nous a épargné sa présence quelques années. Elle était loin géographiquement et beaucoup plus agréable, le principal pour nous.

Chassez le naturel, il revient sans cesse au galop, foi de Steph !

11- Audrey ou comment renaître à la vie

Audrey a bien morflé et elle renaît enfin à la vie. Je dirais plutôt qu'elle continue sa vie. On ne recommence jamais sa vie. On n'en a qu'une seule.

Quoi qu'il advienne (et perdre un enfant est bien la pire des choses qui puisse arriver), il faut avancer, pas d'autre choix.

Malgré l'horloge biologique, elle est encore jeune et j'espère que le meilleur l'attend.

Elle vit son histoire, elle échange avec beaucoup de parents qui ont été confrontés au deuil de leur enfant.

Difficile d'évacuer tout cela ensuite. Audrey est forte et je suis certaine qu'elle va rebondir.

Mon instinct me dit qu'elle va prochainement nous annoncer de belles et grandes choses.

C'est une amie pour toujours, la sœur que je n'ai pas eue, après Laurence (mon amie perdue à l'âge de douze ans) bien sûr. Il faudra vraiment que j'explique mes cauchemars récurrents à ma famille.

Vu tout ce que nous avons traversé, je sais que nos destins sont liés à vie.

Les enfants l'adorent et Donut est devenu un très bon copain.

Elle m'a demandé de l'aider à choisir un appartement sympa et original.

Nous avons regardé les annonces disponibles sur Internet puis rapidement pris rendez-vous auprès des agences immobilières du quartier.

Aujourd'hui, nous devons visiter plusieurs biens.

Dire que moi je n'ai connu que ma maison alors qu'Audrey a déjà déménagé au moins huit fois dans sa vie, c'est fou ça !

Je suis aussi excitée qu'elle à l'idée de découvrir ces appartements, j'adore m'imaginer investir les lieux et les décorer à ma façon, on a l'impression d'être deux gamines.

Les agents immobiliers ont parfois tendance à se méprendre en pensant que nous formons un couple.

Cela me fait rire. Certaines fois on joue le jeu, souvent on les détrompe et ils ne savent plus où se mettre. Il y a encore aujourd'hui bien des intolérances.

— Je peux venir avec vous ?

Tiens, tiens, je reconnais cette voix alors que nous n'avons vraiment pas ébruité ces visites. J'espère qu'elle n'a pas fouillé dans mes affaires, ce serait bien son genre.

— Pourquoi voudriez-vous venir avec nous, Gaby ?
— Pour vous donner mon point de vue.
— Votre point de vue sur quoi ?
— Vous le savez très bien !
— Pas du tout. Je serais d'ailleurs curieuse de savoir comment vous êtes au courant de notre emploi du temps.
— D'accord, vous avez gagné, je vais plutôt aller promener Donut.
— En voilà une bonne idée, n'hésitez pas à faire dix fois le tour du jardin, c'est très bon au niveau cardio !

Et nous l'avons plantée là. Ce n'est sincèrement plus possible de la garder. Je crois que je vais profiter de l'opportunité pour vérifier s'il n'y aurait pas un appartement à louer pour elle.

12- Un dîner en amoureux

Mon mari m'a proposé d'aller au restaurant, juste tous les deux. Cela ne nous est pas arrivé depuis des lustres.

Pas de soucis pour faire garder les enfants qui sont grands maintenant. Il y a des avantages à les voir prendre des années.

Mais Gaby n'a pas manqué d'ajouter son grain de sel en nous lançant un : « Profitez-en bien, je m'occupe de tout ». J'ai préféré ne rien répondre.

Mes parents ont souhaité nous laisser tranquilles et sont repartis en Normandie. Ils semblaient soulagés, moi, beaucoup moins. Je serai désormais seule à affronter Gaby. Je sais que je peux compter sur la complicité de Clémentine, heureusement.

C'est drôle ce soir-là, car Thomas a réservé une table à la Coupole, ce fameux restaurant hyper connu. Comme tout un chacun il suffit d'habiter à côté pour ne jamais y mettre les pieds, ce sera enfin chose faite pour nous dorénavant. Il pensait me faire plaisir, je ne veux en aucun cas gâcher la fête. Ce restaurant était très réputé, autrefois.

Je me suis apprêtée comme pour une sortie en amoureux : robe, talons, maquillage et tout le tralala alors que ce n'est véritablement pas ma tasse de thé au quotidien.

Nous arrivons dans une salle immense qui ressemble... à un hall de gare. Et pas très moderne en plus. Véridique. Manquent plus que nos valises !

Je ne laisse rien transparaître sur mon visage même si Audrey affirmerait le contraire. Quand quelque chose m'agace ou me sidère, on peut lire en moi comme dans un livre ouvert. Les hommes ne le remarquant pas forcément, tant mieux pour moi.

On nous place à une table où il faut se contorsionner pour atteindre la banquette, j'observe le très beau plafond. Puis on nous propose un apéritif et Thomas commande d'office deux coupes de champagne.

À quoi faut-il s'attendre ? Sans voiture, puisque proche de notre domicile, nous pouvons consommer de l'alcool avec modération, trop agréable pour se détendre un peu. Cela ne dure pas longtemps, mon smartphone sonne.

Zut, j'ai oublié de l'éteindre. Sur l'écran, s'affiche une photo, enfin… quelque chose qui ressemble à… Gaby. J'aime bien mettre des images et des sonneries qui correspondent à mes interlocuteurs. En l'occurrence ce n'est pas très flatteur donc je ne m'étendrai pas sur le sujet. Je sais que vous avez très envie de savoir sauf que je resterai une tombe, quoi que…

— Allo, Steph ?

— Oui, vous composez mon numéro, il semble logique que ce soit moi qui décroche.

— Je m'excuse de vous déranger (hum, c'est vrai ce mensonge ?), je ne trouve pas le poivre de Kampot ? Pourtant je l'avais bien rangé, impossible de remettre la main dessus.

— Le pauvre de kaput ?

— Pas kaput, Kampot, c'est une variété de poivre cultivée au Cambodge.

Zen, restons zen, elle doit le faire exprès. Non mais, franchement. Qu'est-ce que j'en ai à faire de son poivre d'Asie du Sud-Est, elle ne peut pas utiliser du poivre noir en grain, comme tout le monde ? En plus j'ai laissé des consignes aux enfants pour qu'ils commandent et se fassent livrer les plats de leur choix. Madame Gaby a dû décider de cuisiner au dernier moment pour montrer ses talents de cuisinière !

Mon regard noir interpelle Thomas, je lui brandis mon téléphone.

— Oh, mon chéri, je suis véritablement navrée de vous ennuyer en plein repas, je suis juste à la recherche du poivre de Kampot.
— C'est une blague, maman ?
— Pas du tout. C'est mauvais de commander des cochonneries alors j'ai fait mes lasagnes maison et il faut absolument ce poivre-là qui est le petit secret de ma recette.
— Maman, on veut juste être tranquilles le temps d'un repas, c'est trop demander ?
— Si tu le prends comme ça, je raccroche.

Il me redonne mon téléphone et… Gaby n'a toujours pas raccroché.

— Moi, je fais au mieux, vous savez.
— Vous pouvez raccrocher, merci.
— Non, c'est toi qui raccroches.

On n'a plus douze ans non plus, je ne tergiverse pas, je coupe la conversation et met l'engin en mode avion.

— Je suis réellement désolé pour cet intermède Stéphanie, et cela ne se reproduira plus.

Alors là, je ne vois pas comment, à part l'expédier sur la Lune.

— Il faut que je te parle, mais choisissons nos plats avant. Qu'est-ce qui te ferait plaisir ?

J'avoue que la phrase de mon mari m'a coupé l'appétit. Je parcours la carte et les paroles de la chanson de *La Madrague* de Brigitte Bardot « Coquillages et crustacés » tournent désormais en boucle dans ma tête… « Sur la plage abandonnée », le serveur a l'air pressé de prendre notre commande et Thomas se gratte la gorge, semble nerveux, il m'angoisse plus qu'autre chose.

Ne sachant pas ce qui va de nouveau me tomber sur le coin du nez, je demande au serveur de revenir un peu plus tard, le temps de déguster une deuxième coupe de champagne, mon péché mignon.

Pour en revenir au menu du restaurant, il y a de l'andouillette, du foie de veau, de la poitrine de cochon… beurk, beurk, beurk… finalement les lasagnes me mettent l'eau à la bouche même si elles sont sans poivre du bout du monde.

— Steph, permets-moi de m'excuser pour ce qu'il s'est passé durant toutes ces années. J'ai été lamentable, je t'ai laissé tout gérer, ma mère s'est immiscée dans notre famille. Je ne voudrais pas te perdre et j'ai pris une grande décision.

Quelle déclaration ! Sachant qu'une personne ne change pas, encore moins un homme (non je ne suis pas sévère, juste réaliste, je sais que je me répète et je continuerai car c'est la stricte vérité), que compte-t-il m'annoncer après avoir frôlé la mort ?

— J'ai demandé à ma mère de repartir en Bretagne.

Oh, la bonne nouvelle. Champagne, la bouteille entière et je paye si besoin !

13- Un aller-simple pour la Bretagne

Au final, j'ai pris des huîtres et me suis vengée sur les desserts : une crème brûlée à la vanille bourbon et une mousse soufflée au chocolat, en ayant longuement hésité avec une île flottante.

Lorsque nous rentrons, tout paraît extrêmement (voire bizarrement) calme. Étrange.

Cinq valises attendent dans le couloir.

C'est donc bien vrai, mon mari a demandé à sa mère de partir de chez nous et la raccompagne à Saint-Servan ?

Pourquoi ne m'en a-t-il pas parlé auparavant ?

Je ne cherche plus à comprendre. Une seule chose m'importe : notre tranquillité.

Le lendemain, Baptiste et Thomas prennent la voiture pour raccompagner ma belle-mère chez elle.

Cela mérite une soirée karaoké entre filles (sans oublier Donut, évidemment, une vraie boule de sensibilité féminine celui-là !).

Audrey se joint à nous, nous chantons et dansons jusqu'au bout de la nuit.

On force peut-être également un peu sur l'alcool car on se réveille avec un mal de crâne pas possible.

Cela n'est rien par rapport à notre liberté recouvrée.

L'ambiance est tout d'un coup beaucoup plus légère ici. Un seul être vous manque et... tout va beaucoup mieux ! Méchant, mais tellement sincère.

Plus besoin de chercher de location dans notre arrondissement pour ma belle-mère, nous pouvons maintenant nous focaliser sur l'achat d'Audrey.

Elle veut au minimum trois pièces, voire quatre. Dans le quartier, ce n'est pas donné, mais, avec ses droits d'auteure, elle en a les moyens.

La plupart du temps on la reconnait et on lui demande un autographe. Même avec des lunettes noires, elle ne passe pas incognito.

Du coup elle en profite avec les agences pour négocier les tarifs, pas folle la guêpe.

Nous en visitons, des biens. Finalement cela ne s'avère pas si simple. Audrey a des idées très arrêtées, même si je lui dis que Thomas pourra s'occuper des travaux vu son métier. Cela peut être utile un architecte, parfois.

Non, elle veut rentrer dans un appartement refait à neuf et n'avoir que ses valises à poser. Et en plus elle tient à profiter d'une terrasse au calme plein Sud. Alors là, autant chercher une aiguille dans une botte de foin. Les agents immobiliers sont très patients, moi je commence à saturer. Au début c'était amusant sauf que là, ça s'éternise.

Et si elle n'avait plus envie de déménager ? A-t-elle une autre idée en tête ?

14- Bye bye Gaby

Lorsque Thomas et Baptiste reviennent de Bretagne, ils rapportent du cidre, des gâteaux bien caloriques, une valise presque entière de produits régionaux.
Nous faisons une soirée bretonne en mettant... surtout pas de musique celtique !
Le lendemain je ne suis pas trop dans mon assiette, Clem non plus d'ailleurs.
Nous avons dû boire trop de cidre.
Charlotte est en plein dans ses révisions pour le baccalauréat de français. Des livres de Rimbaud, Balzac, Molière et Marivaux traînent un peu partout. Quelle purge les descriptions de Balzac quand j'y pense.
Je me précipite aux toilettes et manque vomir en voyant *Le Père Goriot*, cette œuvre incontournable de quatre cent quarante-cinq pages en livre de poche, écrites en caractères minuscules, abordant le thème de l'amour paternel poussé jusqu'à la déraison et qui parle aussi longuement de la société et de toutes ses couches sociales sous la Restauration.
Les garçons se moquent de nous en nous traitant de « petites natures » alors qu'ils seraient incapables de mener à bien un accouchement. Au moindre petit rhume, certains sont prêts à faire leur testament.

Ah, les hommes, constamment à critiquer les femmes qui portent pourtant tout à bout de bras !

Clem se confie de plus en plus à moi et je sais qu'elle fréquente Clément. Par contre je suis la seule personne de notre famille à être au courant de leur relation. J'ai trop peur que mon mari nous fasse une attaque. Quant à Gaby, *no comment*. Avec son retour en Bretagne, nous avons gagné du temps.

Ma fille profite de la vie, grand bien lui fasse.

Elle s'éclate dans son boulot et ses amours, ce qui n'est pas donné à tout le monde.

Si la situation évolue, on avisera.

Je suis sincèrement heureuse de la voir si épanouie.

Audrey déboule dans la maison particulièrement excitée.

— Steph, il faut que je te parle !

— Oui, bien sûr.

— Non, pas là, pas devant tout le monde.

— Euh, à part Clem et Donut, on est seules.

— Je dois te parler entre adultes responsables.

Que va-t-elle m'annoncer ?

— Maman, maman, tu peux relire mon devoir de français ?

— Charlotte, ça ne peut pas attendre ?

— Non.

— Je t'ai déjà dit d'anticiper.

— C'est ce que je fais. C'est pour demain, je suis large !

— Tu rigoles ?

— Bah ouais, Mamounette, carrément, je rigole et tu tombes dans le panneau, trop drôle

Elle me rend chèvre. Son humour me plaît énormément, ceci dit, les chiens ne font pas des chats. Je décide d'aller déjeuner en tête à tête avec Audrey pour être un peu au calme et nous évader de la maison, bien que l'appétit ne soit pas spécialement au rendez-vous.

Au pire je boirai un peu de vin en mangeant une planche de charcuterie dans notre fameux repère corse du XIVe arrondissement.

— Steph, je ne peux pas manger de charcuterie.
— Tu as changé de religion ?
— Non.
— Un verre de vin alors ?
— Non plus.
— Oh, tu es bien mystérieuse, toi.

Mon smartphone retentit. Un numéro inconnu. En principe je décroche rarement, mais là ça insiste.

— Vous êtes bien Madame Nolan ?
— Elle-même.
— Centre Hospitalier de Saint-Malo à l'appareil.

Mon cœur loupe un battement. Oh non, pitié, pas ça, pas elle !

— Nous n'arrivons pas à joindre votre mari et nous avons trouvé votre numéro dans les personnes à appeler en cas d'urgence.

C'est bien ma veine. Qui dit Bretagne dit...

— Votre belle-mère s'est cassé le col du fémur.

Tout se met à tourner autour de moi, Audrey attrape mon téléphone avant que je ne m'écroule par terre.

— Désolée, mon amie est sous le choc et je prends son téléphone le temps qu'elle recouvre ses esprits. Que se passe-t-il ?
— Je suis tenue au secret professionnel.
— Oh, ça va, je suis sa meilleure amie et sa belle-mère n'arrête pas de nous pourrir la vie alors vous pouvez accoucher maintenant.
— Si vous le prenez sur ce ton, je raccroche, madame.
— Non, non, je vous prie de m'excuser, c'est juste que c'est souvent compliqué avec Gaby.
— Elle est à l'hôpital suite à une chute. Son col du fémur n'a pas résisté. On va la garder et ensuite il faudra lui trouver un centre de rééducation.
— Avec elle, c'est à vie en fait les emmerdes !
— Je crois malheureusement que nos professionnels de santé commencent à bien la connaître.

Je me ressaisis en demandant à Audrey quel est le sujet de l'appel.

— C'est encore Gaby !
— Comment ?

Le serveur nous apporte la carte, mais nous avons définitivement l'appétit coupé. Seul un thé-gourmand nous tente, ce que l'on nous sert rapidement. Notre discussion devra être remise à plus tard.

15- Un plan à mettre en place

De retour à la maison je me rue sur mon mari.
— Je suis désolée pour l'accident de ta mère, promets-moi juste une chose : on ne la récupère pas à la maison, je t'en supplie.
— Ce n'est pas de ta faute, pas de raison de t'excuser.
— On va faire comment maintenant ?
— Impossible de tous partir en Bretagne ; les enfants ont leurs études, nous nos boulots.
— Un transfert ?
— D'argent ?

Nous commençons à totalement délirer et voyons bien qu'il va encore une fois falloir nous organiser en fonction d'elle. Cela en devient une *neverending story*, une histoire sans fin, en fait.

Quelle est la meilleure décision à prendre ? Pour le moment Gaby n'est pas transportable et Thomas se propose de faire des allers-retours le week-end, en Bretagne.

Notre couple en pâtira une fois de plus et je me mets à pleurer.

— Pourquoi tu pleures, ma chérie ?

— Je ne sais pas, ça doit être la préménopause. Si ça commence comme ça, je vais morfler. Oh, j'ai chaud, que j'ai chaud !
— Des bouffées de chaleur ?
— Oui et c'est hyper désagréable.
— Il existe sûrement des traitements.
— Pas forcément terribles les traitements. Je veux des choses naturelles, moi, sinon c'est le cancer assuré.
— Bon, écoute Steph, je ne vais pas t'abandonner, on va attendre un peu et on avisera au moment de la rééducation.
— Merci, mon chéri.

Sur ce, Clem arrive en nous demandant ce qui se passe. Après nos explications elle s'écrie : « Purée, pas de bol quand même ! »

Les Twins et Charlotte débarquent, leur sœur aînée leur fait un résumé de la situation.

Charlotte hurle qu'on n'en finira jamais avec « Mamie-catastrophe » et les jumeaux disent nonchalamment en cœur « Boulet un jour, boulet toujours ! ».

Audrey ne peut s'empêcher de parler de mon petit malaise malgré le fait que je lui fasse les gros yeux pour la supplier de se taire.

— C'est vrai, ma chérie, tu as fait un malaise ? Ce n'est pas un symptôme de la ménopause, ça.

Audrey surenchérit en insinuant que c'est sûrement autre chose.

— Par précaution, tu devrais consulter notre généraliste.

— Ce n'est pas de ce genre de toubib dont elle a besoin à mon avis, lui rétorque Audrey.

La sonnerie du portable de mon mari résonne et il s'empresse de décrocher puisque c'est encore et toujours sa mère.

— Oh, maman, tu nous as fait une sacrée frayeur !
— C'est plutôt moi qui devrais dire ça. Vous venez me voir quand ?
— Alors, il va falloir que l'on s'organise.
— Ah oui, ce n'est pas ton fort l'organisation, donc je pense que je vais devoir attendre la Saint-Glinglin !
— Maman, si tu le prends comme ça, je raccroche de suite.

Charlotte se précipite sur le téléphone en hurlant « Mamie, mamie, tu t'es pris un mur ? »

Mur et col du fémur… tout le monde éclate de rire. Ah, les enfants ! Cela me rappelle l'anecdote de mon père qui a eu un jour un épanchement de synovie et mes enfants avaient compris « épanchement de sinusite ». Il est vrai que ce n'est pas spécialement courant, mais la poche de glace n'avait pas suffi à faire dégonfler son genou et il avait eu droit à une ponction pour enlever le liquide. Bref, je m'égare.

Thomas reprend son smartphone et, vu sa tête, je ne doute pas que Gaby lui ait encore balancé une vacherie. Sauf que je le sens bien plus distant avec sa mère et cela commence à me plaire.

Sur ce, je ne sais pas ce qu'Audrey devait m'annoncer à midi au restaurant et je ressens une sensation étrange.

Clem n'a pas réagi du tout, je la trouve un peu pâlotte, que couve-t-elle ?

16- Audrey prend son indépendance

Le lendemain, Clem et moi ne sommes pas au mieux de notre forme, nous devons accuser le coup.

Audrey a une grande nouvelle à m'annoncer. Avec elle, je peux m'attendre à tout mais, là, j'avoue que je suis scotchée par son annonce.

— Ma Steph adorée, je vais rester avec vous et j'irai voir Maxence de temps en temps. C'est bien d'être indépendante.

— C'est qui Maxence ?

— Mon amoureux de journaliste !

— Et ton idée de l'indépendance, c'est de rester chez nous ?

— Je ne vais pas me mettre un emprunt sur le dos pour aller m'installer avec quelqu'un par la suite, ce serait du gâchis.

— Ma chérie, pour acheter un bien avec une personne, et pour savoir si ça va bien se passer, il faudrait déjà vivre ensemble un minimum de temps, il me semble, non ?

— Je n'ai pas du tout envie de me gâcher le quotidien avec un homme, moi !

— J'entends bien, mais cette dépendance où tu comptes rester, nous en avons besoin, c'est quand-même censé devenir notre bureau.

— Tout a changé depuis !

— Certes, tu es écrivaine, alors un petit nid à toi ce serait bien, non ?
— T'as vu les prix ?
— C'est le quartier aussi.
— Moi je ne veux pas vous quitter et ce n'est en aucun cas le moment de me faire de la peine.
— Franchement Audrey, loin de moi cette idée. J'avoue que je n'y comprends plus rien.
— J'ai un cadeau pour Clem et toi.
— N'essaie pas de me soudoyer.
— C'est un présent qui va vous révéler à vous-mêmes, et ça va être génial de traverser cela toutes les trois ensemble.

Je trouve les propos de mon amie particulièrement incohérents, est-elle en train de faire un accident vasculaire cérébral ? Si tel est le cas je dois au plus vite composer le 15 pour être en contact avec un médecin du SAMU qui saura me rassurer... ou pas.

Elle me tend un sachet en papier que je n'ai pas le temps d'ouvrir car Thomas débarque avec Donut qui se jette sur moi en prenant le sac dans sa gueule.

— Attrape-le !
— Qui ? Donut ?
— Non, le sac !
— Il y a quoi dedans, ça se mange ?
— Non, surtout pas !

17- Clem et Steph :
confidences pour confidences

Ce matin, Clem vient se glisser dans mon lit après le départ de son père.

Vu son air, je me doute qu'elle a quelque chose d'important à m'annoncer.

Visiblement, elle n'y arrive pas.

— On se prend un petit déj au lit ?
— Papa aime pas, on va faire des miettes partout et puis je n'ai pas très faim.
— Moi non plus.
— On se fait un gros câlin ?

Les larmes commencent à couler sur les joues de Clem et sur les miennes aussi, je déteste voir quelqu'un pleurer, surtout si c'est l'un de mes enfants.

— Tu voulais me dire quoi, ma chérie ?
— Je… je…
— Vas-y doucement, tu peux absolument tout me dire, ma puce.

— Tu vas te fâcher. Et puis je ne sais pas si c'est une bonne ou une mauvaise nouvelle en plus.

— Je suis là, tu sais, ton père également et nous t'aiderons sois-en certaine.

— Oh non, ça, je sais que papa va être furieux.

— Alors ce sera notre secret entre filles pour le moment.

Charlotte déboule en rigolant dans la chambre.

— Maman, maman, j'ai oublié de te faire signer un mot !

Elle s'arrête net.

— Vous pleurez ? Quelqu'un est mort, c'est Arthur le chat bis ou Mamie Gaby ?

Et là, nous explosons de rire.

— Donne-moi ton mot, mademoiselle qui n'anticipe rien du tout.

— Oh c'est pas un truc important, hein, mais faut une signature sinon…

— Oui, oui, Charlotte, je signe de suite sinon tu vas être en retard.

— Vous me direz pourquoi vous pleurez.

— Des histoires d'hormones.

— Des histoires de quoi ?

— Laisse tomber et file.

— Salut les vieilles !

Faites des gosses ! Sympas, leurs réflexions.

— Alors, ma Clem, nous en étions où ?
— C'est délicat.

La sonnerie de mon satané téléphone sonne avec la chanson d'Alain Bashung *Gaby, oh Gaby*. Oh non, pas encore elle par pitié !

— Tu peux décrocher Mam's.
— Tu en es certaine ? Nous étions en train de discuter, cela peut certainement attendre.
— J'en suis certaine. Sinon elle va te pourrir la vie à perpétuité.
— Non, si c'est important elle laissera un message ou rappellera. Je veux savoir ce qui te tracasse.
— J'ai peur d'avoir oublié ma pilule un soir.
— Si tu n'as pas tes règles cela peut être dû au stress. En attendant tu vas faire un test de grossesse pour ne pas rester dans l'incertitude. Je passe au plus vite à la pharmacie pour t'en acheter un.
— Merci Mam's.
— Et on ne stresse pas en attendant (comment puis-je dire cela alors que moi je suis déjà en pleine panique ?).

Le téléphone n'arrêtant pas de sonner et ne voyant aucun message arriver, les yeux un peu humides, je me décide à prendre l'appel. Une avalanche de mots s'abat sur moi.

— Ma petite Steph, je vais bientôt pouvoir commencer ma rééducation, vous m'avez réservé une place ? Dans quel centre ? C'est bien ? Pas trop de vieux ? Il y a de l'ambiance ? Je vais m'amuser et bien manger ?

Là, j'ai véritablement envie de verser de grosses larmes. Clémentine s'empare du téléphone.

— Allô Mamie, c'est Clem.
— Ta mère n'a pas l'air d'aller bien fort, dis donc.
— Pourquoi tu appelles ?
— Parce que je viens bientôt vous rejoindre à Paris pour ma rééducation, c'est pas trop chouette ? Avoue que vous êtes contentes.
— Déjà ? Et pourquoi venir ici, tout cela semble un peu prématuré, non ?
— Tu as fait médecine ? Pas que je sache. Les soignants m'ont donné le feu vert pour ma rééducation. J'espère que vous m'avez trouvé un palace, au minimum !
— Écoute, là on n'est pas trop disponibles, on va faire le point avec papa.
— Ah oui, c'est sûr qu'avec lui je ne sortirai jamais d'ici. Déjà que je le vois peu.
— Pour venir en Bretagne, ça fait beaucoup de kilomètres tu sais et il travaille.
— On est tous passés par là.
— Tu as eu quatre enfants, toi ? Je ne crois pas.

Et paf, retour à l'envoyeur. Je suis trop contente de la répartie de ma fille. Du coup, Gaby se voit obligée de raccrocher car les médecins arrivent au même moment pour réaliser leur visite quotidienne. À mon avis, ils n'en peuvent tout simplement plus et désirent s'en débarrasser au plus vite.

18- Gaby, en Bretagne, tu resteras

Thomas prend contact avec l'hôpital où sa mère se trouve depuis son opération. Infirmières et médecins lui confirment qu'elle est tout simplement « la plus horrible de leurs patients » et qu'un suivi psychologique ne sera pas de trop, pour lui surtout. Ils lui souhaitent bien du courage pour trouver un centre de rééducation où elle ne fera pas la révolution.

C'est une décision difficile à prendre pour lui, mais le déclic s'est enfin produit et il se résigne à rencontrer un thérapeute de son propre gré car on ne peut pas forcer quelqu'un à en consulter un. Il faut absolument couper le cordon avec sa mère, il a trop attendu. Le praticien lui conseille de laisser Gaby en Bretagne pour sa rééducation afin de ne pas avoir à revivre l'enfer des dernières années.

J'aime beaucoup son approche dont Thomas me parle un peu.

— Et si je vous dis « Croisière », Monsieur Nolan, que cela vous évoque-t-il ?

Il a touché juste là où il fallait et mon mari comprend que sa mère a pris trop de place dans sa vie et, par conséquent, la nôtre.

Bien sûr, il peut encore agir pour que la situation change. Cela est plutôt rassurant.

Pour ma part, il y a bien longtemps que j'ai déposé ma « Cape de sauveuse ». Je ne peux pas résoudre les problèmes de tout le monde en plus des miens surtout si les personnes concernées ne le veulent pas. Il faut au contraire que je me protège.

On lui communique une bonne adresse avec un centre de rééducation réputé et équipé d'un grand parc avec vue sur mer, le paradis sur terre. Mais, je ne sais pas pourquoi, je doute que Gaby saura l'apprécier.

Je souhaite bonne chance à sa psychologue car il y en aura sûrement pour des années la concernant. Enfin, si Gaby accepte. Et ça, c'est moins sûr.

Quoi que nous élaborions, elle nous en voudra alors qu'elle reste au moins un peu éloignée, cela nous fera du bien avant les nombreuses annonces à venir.

Thomas va sûrement en prendre pour des années aussi auprès de son praticien car le ciel va prochainement lui tomber sur la tête.

19- Charlotte et l'amour

Charlotte termine vers dix-huit heures ce soir-là et je la sens toute bizarre également.

Le « métier » de maman, c'est prendre le temps de discuter avec ses enfants, de les comprendre, les rassurer pour qu'ils soient bien dans leur peau afin d'en faire des adultes un minimum équilibrés.

On n'a pas toujours la bonne recette alors on fait de son mieux, tout du moins on essaye. Et comme chaque gamin est différent, ce n'est pas simple. Aucun mode d'emploi ne nous est confié à la naissance, ce qui est bien dommage.

Cela m'ennuie de ne pas avoir eu le temps de terminer la discussion de ce matin avec Clem, difficile de se dédoubler. Juste prendre le temps pour tout le monde, sachant que chacun fonctionne à son propre rythme.

Du coup, je mets mon smartphone en mode avion et vais frapper à la porte de la chambre de ma benjamine car j'ai l'impression de la délaisser un peu en ce moment.

— Des choses à signer ce soir ? Contrôle, mot dans le carnet de liaison ou autres ?
— Très drôle.
— Bah quoi, ça ne va pas, ma puce ?

— Je ne suis plus une puce.
— C'est mignon comme petit nom.
— Non, c'est trop moche.
— OK. C'est quoi le problème ?
— Alessandro a un *crush*.
— Euh, Alessandro ? Je connais ?
— Tu vois, tu n'écoutes rien quand je te parle !
— Si, ma pu…, enfin ma chérie. Mais, avec vous tous, j'ai parfois du mal à suivre, tu t'en rendras compte lorsque tu auras des enfants.
— Bah j'en veux pas, c'est trop compliqué, je préfère un chat ou un chien !
— Tu aviseras en temps voulu. Donc, Alessandro a eu un genre de coup de cœur pour toi, c'est ça ?
— Bah oui.
— Et en quoi est-ce un problème ?
— Amandine a *crushé* sur lui en premier.

Oh là là, ces histoires d'amour, il m'aurait fallu de la concentration et je n'en ai aucune. J'ai l'impression d'avoir la mémoire d'un poisson rouge depuis quelques semaines.

Il faut dire qu'avec Gaby, c'est la cerise sur le gâteau ! Moins grave que tout ce que nous avons enduré, mais tellement plus pénible. Elle prend tant de place dans notre vie, j'ai l'impression que cette femme vampirise ceux qui l'entourent, surtout moi. Pourtant, à une époque, j'étais bien décidée à me couper des personnes toxiques pour mon bien-être. Où sont passées mes bonnes résolutions ?

Mais revenons-en à cette histoire pour le moins complexe.

— Si l'on résume, Alessandro est amoureux de toi et ta copine est amoureuse de lui ?
— C'est ça.
— Et toi, dans tout ça, tu es amoureuse ?
— Plutôt mourir !
— Hum, j'aperçois un petit sourire, ma Chacha.
— Maman, arrête de m'appeler comme ça, c'est archi naze. Je fais quoi, moi ? C'est grave galère à gérer.
— Je comprends…
— Tu captes rien du tout en fait !
— Oh Charlotte, tu me demandes mon avis, je te le donne. Je sais bien que je suis *old, vintage* ou tout ce que tu veux, et bientôt ménopausée, mais ce n'est pas une raison pour être aussi désagréable.
— Pourquoi t'es toujours énervée et tu pleures tout le temps, c'est ton truc d'hormones, là ? C'est moche de vieillir !
— Merci Charlotte, tu es absolument adorable avec ta mère qui semble dater de l'époque des dinosaures, la prochaine fois tu demanderas à ton père de signer tes mots.
— C'est du chantage !
— Non, c'est la réalité. Je me suis bien sacrifiée pour vous et voilà le résultat.
— Fallait pas choisir d'avoir autant d'enfants !
— Tu arrêtes tout de suite de me parler sur ce ton. Tu ne sais pas ce que la vie te réserve.
— OK, maman, je suis désolée, c'est cette histoire avec Alessandro qui me rend nerveuse. Je n'ai pas envie de perdre une

copine pour un simple coup de cœur et tu sais bien que moi je préfère mille fois plus les animaux aux humains.

— Eh bien, tu lui dis tout ça à Alessandro alors.

— Que je préfère les animaux ?

Pas simple d'être une maman, je vous jure. Je n'ai pas vu la journée passer avec tout ce papotage mère-filles.

20- L'ouragan Steph

Audrey vit sa vie. Elle prend notre domicile pour un hôtel. Heureusement que c'est elle sinon je la jetterais dehors.

— Vous avez retrouvé mes cadeaux ou Donut a tout bouffé ?

Je n'y pensais même plus à ces fichus présents. Après une folle course poursuite nous avons effectivement lâché l'affaire. Où est ce sac d'ailleurs ? Notre chien n'a pas pu le manger, juste s'amuser à le cacher quelque part. Peut-être l'a-t-il rapporté dans la maison et planqué dans un endroit improbable ? Aucune idée.

Juste au moment où Thomas rentre à la maison, Baptiste et Juliette apparaissent en haut de l'escalier en brandissant un sac déchiqueté.

Thomas croit bon d'ajouter : « C'est quoi les enfants ? »

Ils répondent en cœur : « Demande à ta femme ! »

Le ton est donné. Audrey se confond en excuses et monte les escaliers pour leur enlever le semblant de restant de bout de papier.

— Au fait, les darons, ce sont des tests de grossesse, si ça vous intéresse !

Thomas me fusille du regard, j'interroge Audrey qui se tourne vers Clémentine.

Cette dernière me lance des yeux revolver auxquels je réponds avec mes mains que je ne suis au courant de rien, moi.

— C'est pour qui ces tests ? hurle Tom.
— Ils sont à moi, rétorque Audrey.
— Tu as dit que c'était des cadeaux pour Clem et maman, lancent les jumeaux en chœur.

Comment sont-ils au courant d'ailleurs ? Purée, si Baptiste a planqué une caméra, je le tue sur le champ. On n'a pas le droit de tuer ses enfants ? OK, je me vengerai et lui massacrerai sa chaise de gamer dans ce cas, quant à Juliette, je jetterai tout son maquillage à la poubelle.

Je surenchéris en disant que moi je suis probablement ménopausée, mais Thomas insiste pour savoir pourquoi Audrey a acheté autant de tests.

— C'est pour être certaine.
— Certaine de quoi ?
— Il est con ou il le fait exprès ton mec, Steph ?
— Oh, ça suffit, vous allez vous calmer, j'en ai ras le pompon, moi ! Tous dans vos chambres sauf toi, Audrey, je voudrais te voir en tête-à-tête. Et de suite !

Clem se fait toute petite en lançant à son père : « Mamie a appelé, elle est prête pour venir faire sa rééducation à Paris. »

Et là, je ne sais pas, ce doit sûrement être les hormones, je me mets à hurler :

— Mais elle nous fait chier à la fin, qu'elle la fasse en Bretagne sa rééducation, elle ne va pas crécher toute sa vie chez nous, j'en ai marre, marre, marre ! Moi je suis en pleine ménopause et tout le monde s'en tape. On me traite mal, mes propres enfants me prennent pour une vieille, je n'en peux plus !

Ma progéniture hésite bien évidemment à redescendre de sa chambre, elle ne sait pas sur quel pied danser. Faut-il se planquer le temps de « l'ouragan » qui semble s'annoncer ou venir me faire un câlin ?

Mes enfants choisissent la deuxième solution et cela me fait du bien de les serrer tous dans mes bras. Je les aime tellement.

Thomas, totalement confus, tente un :

— Mais que se passe-t-il dans cette maison à la fin ? Je suis chez moi il me semble et j'aimerais être au courant !
— Ce ne serait pas l'heure de ton jogging, mon Dad d'amour ?
— Oui, oui, Clem, je vous laisse discuter entre filles.

Et mon aînée de faire un bisou à son père et de le pousser gentiment vers la sortie.

21- Trois pour le prix d'un

Donut ayant complètement déchiqueté les cadeaux d'Audrey, il faut qu'elle retourne à la pharmacie pour nous offrir à chacune un test de grossesse. Décidément ! Je suis également passée à l'officine pour en prendre pour Clémentine donc il y a le choix. Désormais le test de la marque Clearblue indique même si l'on est enceinte de plusieurs semaines, de mieux en mieux !

Aujourd'hui, c'est conciliabule entre filles, dans les toilettes.

Pour ma part, je suis prise d'un fou rire quand Audrey lance :

— Allez, je fais ça uniquement pour vous accompagner car moi je connais déjà le résultat.
— Moi, je suis ménopausée donc je le fais juste pour rigoler, je riposte.
— Et toi, Clem, prête ?
— Moi, j'ai peur.
— C'est normal ma chérie.

Que ces minutes d'attente sont longues même si, pour ma part, je suis absolument certaine du résultat. C'est drôle car ça me rappelle mes premières grossesses. Aucune n'est similaire et c'est ça qui est génial. Maintenant que j'ai atteint l'âge de péremption, je n'aurai plus d'enfant. C'est le cycle de la vie sauf que ça fait un choc. Pour les hommes c'est différent, je trouve.

— Bon, Audrey, tu es enceinte de combien, tu penses ?
— Eh bien, je dirais un mois peut-être, alors je préfère attendre pour faire une annonce officielle. On ne sait jamais, imagine que ce petit bout ne veuille pas s'accrocher...
— Il s'accrochera, j'en suis certaine. Tu n'as strictement rien dit à Maxence ?
— Oh non, je suis trop superstitieuse.
— C'est donc pour cela que tu ne sais plus quoi faire pour l'appartement ? À mon avis il faut absolument lui annoncer et surtout faire une prise de sang au plus vite pour confirmer ce test !

Nous discutons lorsque Clem se retrouve par terre après un léger malaise, elle rit et pleure en même temps.

— Bingo et je pense que cela doit faire un mois aussi, ex-aequo avec Audrey ! Et toi Mam's ?
— Moi, mais je n'en sais rien, je ne sais plus où je l'ai posé ce test qui ne sert à rien vu mon « grand âge », comme vous me le faites constamment bien remarquer.

Elles se précipitent de concert sur le mien dont je n'ai que faire.

— Tu avais bien des nausées ?
— Oui, sans oublier les bouffées de chaleur.

— Je peux t'assurer que tu n'es pas ménopausée !
— Quoi ?
— Youhou, on est des triplettes !
— Non, ce n'est pas possible, vous avez tout mélangé, je ne peux pas être enceinte.

Audrey me tend un test d'une autre marque. Elle a dû dévaliser la pharmacie.

— Recommence ! m'ordonne-t-elle.
— C'est idiot, franchement.
— Que va dire Papa ?
— Oh là là, non, non, non, c'est impossible à mon âge, quarante-sept ans, vous vous rendez compte ?
— La skippeuse Maud Fontenoy avait bien quarante-six ans lorsqu'elle a eu son cinquième enfant !
— Oui, mais moi je ne peux pas être mère et grand-mère au même moment, c'est complètement surréaliste comme situation !

Et Audrey de chantonner : « On est des triplettes, on est des triplettes ! ».

22- Audrey, la Sagesse incarnée ou pas

Audrey prend la parole.

— Les filles, je crois que c'est un sacré cadeau que la vie nous fait et il faut l'accepter. Pour moi, c'est sûrement un signe pour que je saute le pas avec Maxence.

Clem ne sait pas sur quel pied danser.

— Pour ma part, je ne pense pas que Clément sautera de joie. Se remettre dans les couches à son âge, il va me jeter si ça se trouve. Quant à son fils, il va me détester même si on ne se voit pas beaucoup, heureusement.

Moi je suis un peu abasourdie. Je n'étais donc absolument pas ménopausée, mais… enceinte ! Je n'ose imaginer la réaction de Thomas, encore moins celle de mes parents et encore moins celle de Gaby.

Pour le moment, ces grossesses nous appartiennent et, entre les nausées, les rires, les angoisses, de nouveaux petits êtres s'annoncent et c'est tout simplement merveilleux. Comme le dit si bien Audrey, c'est un véritable cadeau.

Dans la vie, les choses arrivent quand elles doivent arriver. Nous devons être prudentes et attendre les fameux trois mois fatidiques avant toute déclaration à la famille.

J'ai quarante-sept ans, j'en aurai quasiment quarante-huit à la naissance du bébé. Et si c'était des jumeaux ? Je suis prise d'une angoisse soudaine.

— Il faut aller faire une échographie car moi, à mon âge, je ne veux surtout plus de Twins, c'est beaucoup trop risqué ! Et puis si ça se trouve Thomas n'en voudra pas et je vais devoir avorter, oh l'angoisse.
— En même temps, vous êtes deux à l'avoir conçu, je dis ça, je dis rien.
— Merci Audrey mais je pensais franchement être en ménopause, tu vois ?

Je vois Clem devenir plus blanche que blanche.

— Moi aussi je dois faire une échographie ! Je ne veux pas de jumeaux non plus, t'imagines le bazar ? Là, c'est Clément qui me fait direct un arrêt cardiaque. Déjà que ça va être compliqué pour lui annoncer pour un, alors s'il y en a deux !
— T'inquiète, ma puce, en général ça saute une génération.
— Moi j'accepte ce qui vient, dit Audrey. En attendant on a rendez-vous dans une semaine pour nos échographies.

Audrey nous entraîne dans le jardin, il fait beau, Donut nous fait la fête.

— Vous imaginez l'annoncer comment, vous, les filles ? dit Audrey. Qui commence la première ? Ou alors on le fait toutes les trois en même temps ? Non, Steph, tu seras la première.

— Pourquoi moi ? Ah non, hein, Thomas va hyper mal le prendre.

— S'il n'est pas content, il pourra toujours aller s'installer en Bretagne.

— Très drôle, vraiment.

— Et toi, Clem ?

— Franchement, je ne sais pas du tout.

Audrey se rapproche de ma fille.

— Ce n'était pas prévu, c'est un oubli de pilule ou…

Ma Clémentine n'a pas le temps de répondre car Donut se met à aboyer, signe qu'il veut jouer.

23- Secrets de filles

Tout cela est-il raisonnable vu mon âge, celui de ma fille aînée et ce qu'a enduré Audrey lors de sa première grossesse ? Beaucoup de questions se mélangent dans ma tête. Fichu hamster, sortez-le de mon cerveau une bonne fois pour toutes !

Si l'on veut analyser sérieusement nos situations, il est impossible de parler de raison dans nos cas, le cœur doit s'exprimer, pas l'esprit. Il faut juste profiter du moment présent et de ceux à venir, les tests de grossesse en sont la preuve.

Que pourrions-nous faire d'autre ? Peut-être trouverez-vous cela égoïste, mais ces grossesses nous appartiennent pour le moment et nous n'avons pas envie d'entendre les avis ou sermons de nos proches.

Effectivement, Clem est un peu jeune, même si parfaitement mature. Elle a un métier, reste à surveiller la réaction de Clément. Quant à Thomas, entre sa fille et moi, ce sera la double peine.

Pour Audrey, cela ne se révèle pas simple non plus vu le traumatisme vécu auparavant. Et puis que va dire son journaliste ? Je ne le connais pas assez pour me forger une opinion. C'est dans les moments importants de la vie que l'on peut se rendre compte si un homme nous aime véritablement.

Nous commençons le compte à rebours pour les échographies. Si tôt, hors de question d'emmener nos hommes. Clem et moi voulons éviter la « surprise » des jumeaux, Audrey être certaine que le fœtus est bien accroché même si les mois suivants seront difficiles à vivre pour elle.

Audrey, notre battante, pourra ainsi redonner de l'espoir à beaucoup de femmes En espérant que son conjoint la soutiendra quoi qu'il arrive.

— Et vous avez déjà des idées de prénoms, lance Clem ?
— C'est un peu tôt, non ?
— Il n'est jamais trop tôt !
— Gontran, comme ton roi du théâtre !
— Franchement pas drôle, Mam's et Audrey !
— Ludovic ?
— C'est mignon si c'est un garçon. Et si c'est une fille ?
— Tu en discuteras avec le papa, ce sera plus simple… ou pas ! Pour Charlotte nous n'étions pas d'accord avec ton père, j'ai dû batailler jusqu'au dernier moment.

Il faudrait surtout penser à la façon d'en faire part à nos conjoints respectifs.

Avec des petits chaussons, en emballant le test de grossesse, en choisissant une carte à gratter ou en achetant un body sur lequel est floqué : « Tu vas être papa ». Aujourd'hui, il y a bien des façons d'annoncer une grossesse.

Une chose est certaine, nous le ferons ensemble, à la même date.

Pour le moment, nos petits bidons ne nous trahissent pas encore et j'ai tellement rabâché que j'étais ménopausée, Tom ne se doute de rien. Il faudra juste qu'il avale la pilule, c'est le cas de le dire !

24- Baptiste, mon super héros

Mon fils se démène pour ses études. Enfin, le déclic semble être arrivé, ne jamais désespérer ! Si un enfant aime quelque chose, il s'engage à fond, il suffit juste de lui laisser le temps.
— Maman, tu vas recevoir un coup de fil.
— Tu as fait une bêtise ?
— Tout de suite, toi ! Tu me prends pour qui ? Tu te rappelles de mon pote Quentin ?
— Euh, non, je ne sais plus.
— On était en maternelle ensemble.
— Oh oui, le petit blondinet tout mimi.
— Il a grandi et on a repris contact sur les réseaux. Pour faire court, son père a une société d'informatique au Luxembourg et il propose de me prendre en alternance, c'est trop génial !
— Au Luxembourg ?
— C'est pas le bout du monde non plus, j'aurais préféré les States !
— Sympa pour nous.
— Je reviendrai vous voir souvent et puis il y a Skype.
— Ah, effectivement, on est sauvés par les nouvelles technologies !
— Dis oui, s'il te plaît, Mamounette d'amour.

— N'en fais pas trop Baptiste.

Je n'ai pas le temps de répondre que l'appel arrive. Effectivement mon fils et son profil, son acharnement, ses qualités professionnelles ont fait que l'on s'intéresse à lui. On lui propose de partir au Luxembourg pour développer une société d'informatique. Je n'écoute plus vu que je ne comprends rien au vocabulaire s'y référant. Je retiens seulement deux choses : Luxembourg et deux ans.

Mon petit Baptiste, partir deux années loin de sa maman (oui, j'exagère peut-être car avec le train c'est aussi rapide que pour la Bretagne !). En même temps, c'est une formidable opportunité pour lui. Nous avons quinze jours pour y réfléchir, quinze tout petits jours.

Je le trouve un peu jeune, mais c'est sa passion. Comment va le prendre son père ?

— Ne pleure pas, maman, on se verra sur FaceTime.
— Je ne pleure pas.
— Arrête avec tes hormones, tu vas être bien occupée de toute façon.
— C'est la ménopause.
— Elle a bon dos ta ménopause !

Juliette débarque en criant « Libérée, délivrée, je ne verrai plus Baptiste à tout jamais, libérée, délivrée, mon espace je retrouverai ! ».

Ils me font vivre des montagnes russes, mes enfants.

Maintenant il va falloir annoncer tout cela à Thomas et il n'y a pas beaucoup de temps pour se décider. Je crois bien que Juliette et Baptiste ont déjà fait leur choix de leur côté. C'est fou cette gémellité et cette complicité. Un jour ils se détestent, un jour ils s'adorent. J'ai beau avoir lu tout un tas de bouquins sur les jumeaux, j'ai généralement du mal à comprendre leur fonctionnement.

Je suis d'ailleurs prise d'une angoisse soudaine. Comment vont-ils pouvoir vivre si loin l'un de l'autre ? La plupart du temps les jumeaux n'arrivent pas à se quitter, ils doivent rester ensemble à vie, parfois travailler tous les deux et en plus supporter les conjoints. Au secours !

Reste Skype ou FaceTime (toujours pas bien compris la différence, moi) comme dirait Baptiste ! Oh là là, ces nouveaux procédés. Il faut reconnaître qu'ils ont par moment du bon sauf que ce n'est pas toujours simple et mes enfants se moquent facilement de moi. Pourtant j'ai l'impression de faire de mon mieux, pas comme une certaine Gaby !

Que me réserve Juliette ? Si ça se trouve, elle a prévu de rejoindre son frère ?

Et moi je « perdrais » alors deux de mes enfants dans ce cas. Au même moment, une petite voix intérieure me rappelle qu'on ne les fait pas pour soi.

Le soir, nous en parlons avec Thomas et, bizarrement, Baptiste en profite pour faire plein d'allusions en disant que l'on aura besoin de plus de place chez nous et que l'on ne remarquera pas son départ.

25- Baptiste prend son envol

Baptiste a décidé de partir pour le Luxembourg, qu'est-ce qu'il va me manquer même si je sais bien que nos enfants doivent un jour prendre leur envol. Lorsque ça arrive vraiment ce n'est pas si simple à accepter au final.

Dix-neuf ans, je le trouve un peu jeune pour partir loin de sa famille.

C'est aussi une belle fierté qu'il ait été repéré alors que toute sa scolarité a été catastrophique. Le prochain Steeve Jobs, peut-être, quoique Baptiste a eu son bac, lui ?

J'essaye de faire de l'humour tant qu'il est encore à mes côtés, mais je ne me sens pas rassurée du tout.

J'ai tenu à l'accompagner à la gare avec Thomas, Charlotte et Juliette.

J'ai planqué les paquets de mouchoirs, avec ces fichues hormones j'ai un très bon alibi.

Il va passer le portique lorsque la photo de profil peu glamour de Gaby s'affiche sur mon smartphone. Elle doit avoir un sixième sens pour systématiquement appeler au mauvais moment. En plus nous avons jugé bon de ne rien lui dire tant qu'elle est en centre de rééducation.

Un instant, je manque refuser l'appel lorsque je vois l'œil intrigué de mon mari. Pourquoi a-t-elle constamment cette manie de toujours m'appeler, moi, et pas son fils ?

— Allô, c'est Gaby !
— Allô…
— Oh, c'est quoi cette petite voix tristounette ? Vous êtes où, j'entends du bruit, vous êtes à la gare, vous venez me chercher ?
— Euh, oui, pour la gare.
— Je n'en peux plus, qu'est-ce que l'on mange mal ici ! Et puis le kiné est odieux à me forcer à faire ses exercices de tortionnaire.
— C'est pour votre bien.
— Ben voyons, vous êtes sûrement de mèche, d'ailleurs !
— Gaby, ce n'est pas du tout le moment, on vous rappelle plus tard.
— Certainement pas ! Je veux savoir où vous êtes et ce qui se trame dans mon dos.
— La vie ne tourne pas uniquement autour de vous, ma chère belle-mère.

Je fais signe à Thomas de me rejoindre et lui tends le téléphone afin qu'il prenne la relève et que je puisse embrasser une dernière fois Baptiste. J'entends son père hurler, Gaby doit être furieuse et puis, soudain, c'est le silence.

Comme dans un rêve, mon fils s'approche de moi, me serre dans les bras et me dit tout doucement à l'oreille : « Je suis content de devenir grand frère et j'espère que ce sera un petit mec. Prends bien soin de toi, maman d'amour ».

Les larmes n'en finissent pas de couler, maudites hormones, les enfants font une ronde autour de moi en s'écriant : « *You're simply the Best, Mum !* ». Baptiste, mon fils, a tout compris, je n'en reviens pas, je le croyais si détaché, mon bébé, mon grand, mon amour qui m'en a bien fait voir et qui aujourd'hui va voler de ses propres ailes. Je suis touchée en plein cœur. Son père, quant à lui, ne se doute de rien.

Thomas se rapproche et embrasse Baptiste, il a manifestement écourté la conversation avec sa mère.

Je déteste les départs, vite, vite il faut que l'on se sauve ou je vais transformer la gare en piscine olympique avec mes larmes, moi.

26- Gaby, oh Gaby !

« Gaby, oh Gaby
Tu devrais pas m'appeler tout l'temps
J'peux plus dormir avec toutes tes conneries

Gaby, oh Gaby
Tu veux que j'te raconte notre vie ?
Sans toi, sans toi
Mais pas assez souvent

Faut savoir dire stop (stop)

Gaby, j't'ai déjà dis que t'es bien plus chiante
Que tous les gens de la Terre réunis ?
J'sens que j'vais encore finir en…

Charpie !

Oh, oh-oh-oh-oh ».

— Mam's, t'as pas fait ça ?
— Quoi ?
— Changé les paroles de la chanson, Daddy va être furax s'il t'entend.

— Tu sais, je crois qu'il sature aussi. Il va d'ailleurs falloir que l'on débriefe sur la conversation d'hier.

Thomas arrive comme une furie.

— J'en peux plus de ma mère !

Clem me fait un clin d'œil en s'éclipsant.

— Je vous laisse, les amoureux.

— Très drôle, Clem, entre ta mère et ses bouffées de chaleur et la mienne qui n'est jamais contente.

— Merci, Tom pour la comparaison ! Cela fait des années que je gère tout pour vous deux, le petit couple fils-maman et voilà comment je suis remerciée.

— Non, non, ce n'est pas ce que je voulais dire, mais tu pleures pour un oui ou pour un non.

— Bon, je présume qu'elle veut revenir en région parisienne ?

— Ça c'était évident, et je lui ai depuis le début répondu que c'était hors de question. Par contre, elle est furax, elle aurait voulu embrasser Baptiste avant son départ.

— Eh bien, elle lui parlera via Skype tellement elle est douée en informatique !

— Pff, c'est méchant, les nouvelles technologies et elle, ce n'est pas évident à son âge.

— Qu'elle trouve un ami qui lui explique.

— Un Lino bis ? Non merci, vu les dégâts.

— Tu parles de quoi exactement ?

— On verra plus tard.

— Ah non, dis-moi tout de suite ce qu'il se passe.
— Il se passe que...
— Que ?
— Qu'il a grave merdé au niveau financier. Je ne sais pas si elle va pouvoir garder sa maison.
— Comment ? Ah non, non, non, pas ça, je contacte directement un avocat.
— C'est déjà fait et il a peu d'espoir.
— C'est une faible femme, il a abusé d'elle, on va trouver des médecins qui vont établir des certificats prouvant qu'elle était hyper fragile psychologiquement à cette époque et aujourd'hui encore.
— Je n'avais pas pensé à ça, tu aurais dû être avocate, toi !
— N'oublie pas mes quelques années en faculté de droit, monsieur-mon-mari, cela peut parfois être utile bien que je ne regrette en aucun cas d'avoir arrêté. J'ai trouvé le journalisme beaucoup plus *fun* même si le milieu est compliqué ; lequel ne l'est pas ?

27- L'heure des échographies a sonné

C'est le grand jour, Thomas est parti au travail, Charlotte et Juliette sont en cours, nous sommes fin prêtes pour nos échos.

Nous avons rendez-vous à dix heures, peu de marche à faire, bien pratique.

Qui va passer la première ?

Audrey et Clem ont dit « Honneur aux vieilles ! ». Pas trop sympas, les filles. En ce qui me concerne, j'ai rétorqué « Honneur à la plus jeune ! »

Donc ce sera ma fille en premier.

Lorsque le médecin l'appelle, nous déboulons toutes les trois ensemble.

— Euh, excusez-moi, la salle n'est pas très grande, c'est un seul accompagnant autorisé.
— En principe, sauf que là, c'est un cas de force majeure et je vous explique de suite pourquoi.
— OK, OK, on y va.

Pour qui il se prend, il ne va quand même pas nous empêcher de voir le ou les bébé(s), oh là là, je stresse un maximum à l'idée que ce soient des jumeaux.

Imaginons deux secondes que Clem et moi ayons des Twin's ? De toute façon, je vais de suite le voir à l'écran.

Je sens que Clem est particulièrement émue et c'est logique.

Elle s'allonge, elle a droit au liquide bien froid sur son ventre. C'est parti pour la première échographie mon kiki !

Ma fille écoute sagement le médecin qui lui explique ce qu'il voit, quelques larmes coulent sur ses joues (à elle, lui a l'habitude à force). Et moi, je dis :
— Il n'y en a qu'un seul !
— Pourquoi, vous en vouliez plusieurs ?

Ce n'est pas un fin psychologue, lui. Je lui explique donc que nous avons des « doublons » dans la famille et là il semble mieux comprendre. Il imprime une jolie photo en 3D, c'est fou ce que cela a évolué depuis ma première échographie.

Nous voilà rassurées, tout se passe bien pour Clem et le fœtus se porte au mieux. Elle est jeune, pas de soucis de santé spécifiques, elle va être bien suivie. Nous irons toutes les trois à la maternité de Port-Royal.

Ensuite, c'est au tour d'Audrey.

Le médecin lance un petit « Je vous connais, non ? »

— Oui, euh, peut-être, j'ai écrit un livre.
— C'est ça, ma femme l'a lu !
— Ah, merci.
— Merci à vous d'aider les femmes et les hommes qui vivent ce cauchemar, vous avez su trouver les mots.

Finalement, je le trouve de plus en plus sympa, lui.

— Chaque grossesse est différente, vous savez. Tout va très bien. On va laisser grandir le petit bout de chou et on se revoit très vite pour une nouvelle échographie. Vous en aurez plus que la normale vu vos antécédents.
— Merci, docteur.
— Je vous en prie.

Vient maintenant mon tour. Cela me fait bizarre de me retrouver à faire une écho de grossesse à mon âge, entourée de ma fille et de ma meilleure amie.

— Je vous sens tendue, madame.
— C'est-à-dire que je croyais être en préménopause.
— Ah oui, effectivement, ça a dû vous faire un choc.
— C'est le moins que l'on puisse dire en effet, mais je ne sais pas comment je vais l'annoncer à mon mari. En plus nous avons déjà des jumeaux dans la famille, il nous est impossible de re signer, vous comprenez ?
— Combien de grossesses au total ?
— Trois avant celle-ci et quatre enfants au total.

— Merveilleux. Je vous rassure de suite, il n'y a qu'un seul embryon.

— J'ai vu ! Par contre...

— Oui ?

— Je ne vais pas pouvoir échapper à l'amniocentèse, je présume ?

— Vous présumez bien. Il est préférable d'en faire une, c'est plus prudent, on verra cela en temps et en heure. Pour l'instant, Mesdames, profitez au mieux de vos grossesses et bonne chance pour l'annonce à vos conjoints. On va fixer de nouveaux rendez-vous pour que vous puissiez venir avec eux.

28- L'annonce faite aux papas

De retour à la maison, nous nous réunissons pour savoir comment l'annoncer aux trois papas respectifs car, après de de longues tergiversations, nous en sommes arrivées à la conclusion qu'ils ont effectivement le droit de savoir.

Clem se lance la première et décide d'organiser un repas en amoureux avec Clément, dans son logement.

Son fils a quitté les lieux pour aller faire des études en province et ils ont maintenant l'appartement pour eux deux.

Soirée bougies, Champomy et tapas. Elle qui adore le champagne, je lui ai bien précisé que Clément va trouver cela bizarre. Elle a acheté des petits chaussons couleur taupe. Sur l'un d'eux est écrit « Maman » et sur l'autre « Papa ».

Audrey a réservé une table dans un grand restaurant pour faire son annonce. Elle a pris une carte à gratter où Maxence pourra lire « Tu vas être papa ».

Moi, j'ai emballé le test de grossesse et pris une bouteille de champagne rosé avec de la charcuterie. Je sais bien que l'alcool est déconseillé, mais une coupette ne me fera pas de mal et la charcuterie je sais que j'en avais déjà bien abusé lors de la grossesse de Charlotte, mon taux de cholestérol ayant explosé. C'est plus fort que moi et je ferai attention ensuite, promis juré, craché.

Je n'ai jamais réclamé de fraises, c'est dingue quand même ces clichés ! Moi, en général, c'est olives vertes ou charcuterie, pas top, mais trop bon. Chacune son truc.

Charlotte et Juliette se regardent une série, je préfère rester au calme chez nous au cas où Thomas le prendrait mal, inutile de se faire remarquer avec un scandale dans un restaurant chic parisien.

Clément est plus que surpris et se met à pleurer en voyant les petits chaussons. Clem a aussi acheté une bouteille de champagne pour lui. Il semble aux anges et veut absolument « une petite fille qui ressemble à Clem ». Trop mignon.

Maxence s'attendait à un jeu à gratter pour gagner des millions. Heureusement qu'il était assis sinon il aurait fait un malaise. Selon Audrey, il semblait très ému et lui proposa de suite d'emménager officiellement chez lui. Pour le mariage, il savait qu'elle n'y tenait pas, mais il ne semblait pas avoir dit son dernier mot.

Quant à moi… heureusement qu'il y a du champagne et que le cadeau est le test de grossesse. Thomas n'a pas compris tout de suite.

— C'est une blague ? Tu m'as dit que tu étais ménopausée !
— Je me suis trompée de diagnostic, mon chéri.
— Mais, à nos âges, ce n'est pas… possible.
— Et si, tu vois, tout est possible, la preuve sous tes yeux.
— Tu es contente, toi ?
— Je t'avoue que j'étais plus que surprise, maintenant je m'habitue à l'idée. Je stresse juste un peu pour l'amniocentèse.
— On va faire comment ?
— On va lui trouver un petit coin dans notre grande maison, mon chéri.
— Oui, mais, ma mère ?
— Quoi, ta mère ?

Donut ne nous laisse pas le temps de poursuivre notre discussion, il semble pressé de sortir.
Et moi je vais encore cogiter, voire penser au petit poupon qui pousse dans mon ventre.

29- Charlotte et ses lubies

Charlotte et le bac de français, je n'en reviens toujours pas, mon bébé. En fait, non, ce ne sera plus mon petit bébé car je vais devoir bientôt tout recommencer : les couches, les biberons, l'entrée à la maternelle, le collège, le lycée, etc.

Si ce bout de chou pouvait être aussi sérieux que Clem et Charlotte à l'école, ce serait vraiment génial, pas comme les jumeaux, par pitié, quoique Baptiste vient de nous prouver le contraire.

— Maman, maman, j'ai trouvé mon métier !
— Oh, oh, oh, je t'écoute.
— Vétérinaire dans une station spatiale.
— Charlotte, je crois que ça n'existe pas.
— Eh bien, je l'inventerai !
— Tu sais, vétérinaire ce n'est déjà pas si simple.
— Je sais et je travaille dur, maman, je vais y arriver.
— Bien sûr, ma puce.

Nous voilà bien ! Quelquefois j'ai un peu de mal avec les lubies de Charlotte. Ça la prend comme ça, on ne sait pas trop pourquoi. Et elle nous sort des idées complétement improbables. L'espoir faisant vivre, je n'ose pas réfréner ses envies.

Comment va-t-elle réagir à l'annonce de cette grossesse ? Moi qui la prends toujours pour « ma petite dernière », cela va changer désormais.

— Sinon je peux faire véto à la campagne, j'aurai une ferme et plein d'animaux. Je pourrais peut-être proposer de l'équithérapie !

— Ça me semble une super idée ça, ma puce, tu te verrais vivre à la campagne ?

— Pourquoi pas, on a toujours vécu à Paris, je ne peux pas savoir pour le moment. En Normandie, peut-être à côté de chez Mamie et Papi ?

— Écoute, Jean Gabin avait son écurie en Normandie, tout est envisageable. Mais ça coûte beaucoup d'argent, il faut que tu le saches.

— Oui, c'est évident. Baptiste m'apprendra à jouer en Bourse !

— Comment ça, il joue en Bourse ?

— Non, mais c'est pour de faux, tu sais.

Mon fils me cacherait-il des choses ? C'est parfait vu que l'appel via Skype, FaceTime, WhatsApp ou je ne sais trop quoi, est prévu pour très bientôt. Pas simple à caler car tout le monde veut constamment lui parler en même temps et personne n'est pas disponible au même moment.

Il s'empiffre de hamburgers et de frites, dit faire beaucoup de sport pour avoir, je cite, « un mental de *warrior* ».

Si c'est pour ensuite tout dépenser en Bourse, il va entendre parler du pays, lui !

30- Gaby, le retour

Après sa rééducation, Gaby n'en démord pas, elle ne peut (selon elle) pas rester seule dans sa grande demeure en Bretagne, demeure qui ne sera bientôt plus à elle selon ses dires.

Son avocat n'est pas du même avis, nous avons réussi à récolter des témoignages de certains amis de précédentes épouses de Lino décédées dans des circonstances plus que troublantes.

Point positif : il ne l'a pas tuée, elle.

Point négatif : il va encore falloir se la coltiner et ce n'est pas du tout le bon moment.

J'ai besoin de repos pour mener ma grossesse à terme et j'espère donc que ce soit temporaire. Avec Gaby on peut s'attendre à tout.

Thomas est reparti la chercher et revenu avec cinq valises « seulement ». Nous l'avons de nouveau installée à côté de notre maison. Pour ma part, je lève le pied sur le boulot et avec mon mari nous essayons de voir où l'on pourrait caser une chambre de plus.

Nous avons bien pensé mettre Charlotte et Juliette dans la même pièce, mais pour elles, c'est « hors de question ! »

— Ma sœur n'est qu'un bébé, elle n'a que des posters d'animaux !
— Toi tu ne penses qu'aux chose futiles avec ton maquillage !

Vu les joutes verbales, inutile d'insister.

Clem a laissé sa tanière en l'état. Elle vit désormais chez son amoureux, peut-être la laisserait-elle vacante, voire disponible ?

Baptiste veut pouvoir revenir à n'importe quel moment, il lui faut également un endroit, un vrai casse-tête avec le retour de Gaby. Il va falloir annexer la dépendance et ne pas la garder trop longtemps afin qu'elle ne prenne pas de mauvaises habitudes.
Son débarquement est, encore une fois, pour le moins mémorable. J'ai demandé à Clem d'être présente avec son conjoint, histoire d'avoir un peu de soutien et de ne pas me sentir seule face au dragon.

Lorsqu'elle arrive, elle nous regarde bizarrement.

— Que se passe-t-il ici ? Vous avez drôlement grossi toutes les deux !

Je reconnais bien là le tact de ma charmante belle-mère avec ses déductions si peu perspicaces et pas du tout sympathiques.

— Asseyez-vous, ma chère Gaby, vous pourriez faire un malaise suite à nos annonces. Effectivement, nous avons bien grossi, ce qui est tout à fait normal et, dans six mois, vous pourrez pouponner car vous serez de nouveau grand-mère et, pour la première fois, arrière-grand-mère, n'est-ce pas fabuleux ?

Elle regarde Thomas en se demandant si je blague. Son fils ne moufte pas.

— Non, ce n'est pas possible et c'est complètement inconscient de votre part. Ma petite Clem, tu es bien trop jeune pour te pourrir la vie avec un bébé. Quant à vous, Steph, vous êtes carrément trop vieille !

— Maman, tu avais quel âge lorsque tu m'as eu ? s'empresse d'ajouter Thomas.

— Ce n'était pas pareil, l'époque était différente. Aujourd'hui vous avez tous les moyens de contraception que vous voulez et puis je ne peux en aucun cas être arrière-grand-mère à mon âge !

— Gaby, c'est notre vie et si cela ne vous convient pas vous connaissez la route du retour, la gare n'est pas loin.

— Je ne vais effectivement pas rester longtemps dans cette maison de fous.

— Parfait, on vous réserve de suite votre train ? Pour quelle destination ? Une petite croisière peut-être ? Avec cinq valises, cela devrait aller.

Tout le monde explose de rire sauf la principale intéressée.

31- Clem et Steph, confidences entre filles

Les hormones nous donnent une pêche d'enfer. Nos hommes sont aux petits soins pour nous. Charlotte est finalement ravie, bientôt elle ne sera plus considérée comme le « petit bébé » de la maison.

Les paris sont lancés sur le sexe des enfants à venir et nous avons des tas d'idées de prénoms. Mais personne ne tombe d'accord.

Baptiste veut un petit frère car « Ras le bol d'être le seul mec ! », sympa pour Thomas et Donut.

Juliette et Charlotte sont unanimes : « Une fille car les garçons, c'est bien trop casse-pieds ! ».

Clem partage leur avis et elle aussi a une préférence pour une fille, tout comme Clément.

La nature décidera. Du moment que les bébés sont en bonne santé, le sexe importe peu, finalement.

On adore nos après-midis à regarder des séries ou des films dégoulinant d'amour en dégustant de bonnes glaces, allongées sur les canapés bien moelleux.

— Mam's, tu avais promis que tu m'expliquerais pour tes cauchemars lorsque je serai grande. Je crois que c'est le moment maintenant.

— Effectivement, ma fille. C'est une longue histoire.

— On a tout notre temps.

— Je sais, ce n'est pas simple pour moi d'évoquer le sujet. J'ai beaucoup travaillé dessus et je pense qu'aujourd'hui je peux t'en parler.

— Je t'écoute, Mam's adorée.

— Étant fille unique je m'ennuyais énormément. Au primaire, j'ai eu la chance de me faire une super copine, un peu comme une sœur. Et puis il y avait un garçon, constamment prêt à me défendre dans la cour d'école.

— Comme un frère ou plutôt comme un amoureux ?

— Si tu commences à m'interrompre, je ne vais jamais y arriver.

— OK, OK, je ne dis plus rien.

— Mon amie, Laurence, avait une grande sœur et un grand-frère. Ils avaient beaucoup d'années d'écart, elle était contente de nous avoir du coup. Nous étions toujours dans la même classe, nous nous invitions les uns chez les autres pour les fêtes, les anniversaires. Cela a duré sept années, jusqu'au collège. Notre trio semblait indestructible.

— Ah oui, ton fameux collège qu'avec des filles et des vêtements bleu marine et blanc ?

— C'est exactement ça. Et puis, un dimanche, tandis que nous revenions d'une promenade avec mes parents, la sonnerie du téléphone fixe a retenti. Ma mère a décroché et j'ai senti que le monde s'arrêtait autour de moi.

— C'était pour Laurence ?

— Sa mère venait d'annoncer son décès d'une crise de somnambulisme. Sa famille revenait d'un week-end à la campagne. À Paris, ils habitaient au cinquième étage. Elle est passée par la fenêtre.

— Oh mais, c'est terrible, Mam's !

— Je ne voulais pas y croire, je perdais une sœur. Et nos parents ont cru bon pour nous de ne plus en parler après les funérailles. Je n'ai plus revu mon ami non plus alors que nous avions tous les deux besoin de parler de Laurence. Nos parents nous ont refusé cela. Aujourd'hui, on en discuterait car il ne faut pas taire ce genre de choses sinon on peut rester traumatisé à vie. C'était une autre époque. Voilà, ma chérie, tu sais tout.

— Merci Mam's, je suis désolée que Mamie et Papi aient réagi de la sorte. Ils devaient penser qu'il valait mieux que tu oublies.

— Malheureusement il est impossible de faire abstraction d'un drame d'une telle violence. Cela marque à vie.

32- Un enfant pour la vie

Nous sommes comme des gamines à aller dans les boutiques pour enfants, Audrey n'a rien gardé et tout donné à une association car elle ne veut aucun objet lui rappelant le petit garçon perdu à six mois de grossesse.

Maxence est adorable, elle ne doit pas porter de choses lourdes, ni légères d'ailleurs, alors parfois il vient avec nous juste pour s'occuper de nos sacs, ce qui n'est pas le cas de Clément et Thomas.

Il y a tellement de jolies choses maintenant et souvent mixtes. Certains parents ne préfèrent pas connaître le sexe du bébé avant l'accouchement, ce ne sera pas mon cas.

En général il faut attendre l'échographie du cinquième mois et que le bébé soit décidé à se mettre dans une bonne position pour arriver à le déterminer, pas toujours évident.

On verra bien. Moi j'adore le bleu marine et le rouge, ces couleurs vont aussi bien à une fille qu'à un garçon.

L'amniocentèse me stresse un peu, mais Audrey va devoir en faire une également, nous nous sentirons moins seules. Vu son âge, Clem y échappe.

Par contre on va se coltiner le dépistage du diabète de grossesse et ça, je déteste, c'est horrible. Il s'agit d'une hyperglycémie provoquée par voie orale : on doit boire à jeun une solution sucrée (goût horrible) et pendant deux heures (qui semblent durer un temps infini) il faut rester assises, sur des sièges inconfortables au possible, les laboratoires pourraient envisager de nous proposer des fauteuils histoire de ne pas tomber dans les pommes. Mais non, rien n'est organisé pour car il n'y a pas assez de place.

Déjà que l'on n'a pas réussi à trouver de gynécologue, même à Paris, ils sont tous partis à la retraite et non remplacés, un vrai fléau. Et toutes les spécialités sont dans le même bateau. Heureusement que l'on nous a recommandé une sage-femme qui est absolument merveilleuse. Au final je préfère une femme à un gynécologue masculin qui ne peut pas se mettre à notre place.

Clem et Audrey veulent faire leur préparation à l'accouchement avec le papa, moi je n'en ai jamais faite et j'ai toujours réussi à accoucher. Pour Clémentine j'ai poussé trois fois et elle est sortie toute seule !

Je ne sais pas si Clément sera très chaud. Quand on est amoureux on réalise bien des choses. Heureusement que la différence d'âge ne lui fait pas peur. Je sais que, plus tard, on risque de le prendre pour le grand-père ce qui n'est pas évident à gérer. Certaines personnes ne sont pas très délicates. C'est surtout à l'école que cela risque de se produire. Même chose pour moi, on risque de me prendre pour la grand-mère de mon enfant !

J'exagère peut-être, c'est la réalité. J'ai quand-même quarante-sept ans, je vous rappelle.

Clémentine va sur ses vingt-trois ans, cela fait beaucoup de différences entre les enfants. Moi je garderai mes anciennes méthodes d'éducation qui ont fait leurs preuves. Je n'irai glaner aucune information sur les réseaux, bien trop peur de voir les bêtises que peuvent raconter certaines influenceuses.

Le principal est que les grossesses se déroulent bien, que nous soyons épanouies et notre entourage finalement ravi d'accueillir de nouveaux bébés même si mes parents ont encore un peu de mal à se faire à l'idée pour Clem (un peu jeune selon eux) et pour moi (un peu âgée, merci).

Quant à Gaby, elle n'en démord pas, ce n'est pas une bonne idée selon elle, elle nous parle de la Loi Veil adoptée le 17 janvier 1975 relative à l'interruption volontaire de grossesse (IVG). Je ne vois pas pourquoi elle nous bassine avec cela car elle ne s'est pas battue pour l'IVG à ce que je sache. En plus, psychologiquement c'est assez compliqué car pour pouvoir prétendre à un avortement il faut d'abord faire une échographie de datation.

Pour ma part, une fois vu le fœtus à l'écran je ne pourrais en aucun cas envisager cet acte. Mais au moins, en France, les femmes ont le choix ce qui n'est pas ou plus le cas dans certains pays ou états d'Amérique.

Respectons la vie et le choix de chacune.

Nous concernant, nous avons hâte de tenir notre petit bout dans les bras et les trois réunis nous permettront peut-être de ne plus revoir Gaby avant quelques années !

33- Soir de pleine lune

Ça se bouscule à la maternité de Port-Royal. Des petits êtres vont bientôt découvrir la vie, la vraie.

Du côté des parents c'est l'ébullition.

Clem et Clément sont stressés, ce dernier veut à tout prix assister à l'accouchement, « C'est un père modèle » clame ma fille à qui veut l'entendre. J'espère qu'il ne va pas tomber dans les pommes.

Thomas manque ne pas être présent car encore une fois appelé par sa mère. Malgré mes hormones de bonne humeur j'ai pris son téléphone en l'envoyant valser dans le jardin. Donut a dû le trouver et jouer avec.

Pour Audrey, Maxence a refusé tous les déplacements pour son boulot. Il est à ses petits soins.

Nous allons accoucher toutes les trois quasiment au même moment ce qui semble improbable, et pourtant vrai.

Et chacune d'une adorable petite fille. Nous avons réclamé une chambre triple, mais cela n'existe pas. Nous aurions pu créer le concept même si l'on sait que les femmes qui viennent d'accoucher aiment bien être au calme.

Pour nous ce n'est pas pareil, c'est à la vie, à la mort.

Clem et Clément annoncent fièrement la naissance de leur petite Ambre sur les réseaux sociaux. Finalement, le fils de Clément, au départ fort réticent, craque complétement devant la petite merveille de 3,200 kilogrammes.

Audrey et Maxence veulent garder encore un peu pour eux seuls cette naissance. Ils annonceront plus tard le joli prénom de leur magnifique poupette d'amour.

Quant à moi, Baptiste et Thomas sont un peu déçus car c'est, je cite : « Encore une fille ! ».

Mon mari veut absolument un prénom breton, ce que je refuse catégoriquement. Et pourquoi ne pas l'appeler Gaby ou Gwénaëlle, tant qu'il y est !

Nous ne voulons voir personne d'autre que notre conjoint à la maternité pour rester dans notre formidable bulle, loin du bruit, du monde et de sa folie, surtout loin de notre famille envahissante.

Notre souhait est exaucé et nous avons très vite pu regagner nos demeures respectives.
Nous nous appelons souvent en visio, Clem et Audrey ayant besoin de mes conseils.

Mais la meilleure expérience est bien de vivre la sienne, être à son écoute et à celle de son enfant. On ne lui donne jamais trop d'amour. Et l'instinct maternel existe vraiment.

Épilogue

Neuf mois plus tard, Clémentine, Audrey et moi-même avons décidé de faire une petite folie, voire un clin d'œil à Gaby.

Devant les yeux ébahis de nos conjoints, nous préparons chacune une petite valise.

Ils sont tous intrigués et pensent que nous partons faire une thalasso avec nos bébés. Que nenni !

Nous avons bien le droit de profiter un peu de la vie entre filles alors nous sommes parties en croisière toutes les trois, vrai de vrai !

Nous sommes comme des gamines, surtout Clem et moi en repensant à ce que nous avons vécu il y a quelques années avec Gaby.

Maintenant est venu le temps de voir nos hommes en action.

J'ai la nette impression que tout le monde finira à la maison, les papas-poules ayant visiblement besoin de solidarité masculine et surtout de « petites mains » pour gérer nos trois princesses : Ambre, Emma et Laurence.

Nous ne voulons pas savoir comment ils s'organiseront, nous voulons juste profiter d'une semaine de vacances entre filles, soleil, cocktails et piscine à volonté.

Remerciements

Il n'est jamais simple d'apposer le mot fin lorsque l'on écrit. Il y aurait encore tellement de choses à dire. C'est ce qui fait la magie des livres.

Pour ma part, j'adore me laisser « embarquer » par mes personnages.

Chaque écrivain a sa propre façon de travailler. Avec ou sans plan, avec ou sans fiches de personnages.

Et c'est bien, à chacun de trouver son style, sa liberté de s'exprimer.

Chaque livre peut trouver son public et c'est un véritable plaisir de lire des retours de lecteurs qui ont pris conscience de quelque chose, qui se sont reconnus.

Sans compter les retours d'adolescents qui ne lisent pas ou peu et qui me contactent en me disant avoir « dévoré » mes livres car « Madame, il y a des expressions de jeunes ! ».

C'est formidable en tant qu'écrivaine de pouvoir se glisser dans la peau d'une quadragénaire ou d'une jeune fille de dix-sept ans.

Et je souhaite vivement que cela ne s'arrête pas en si bon chemin car, pour moi, écrire est tout aussi vital que respirer.

Surtout n'abandonnez jamais vos rêves.

On m'a toujours dit qu'écrire n'était pas un métier.

Longtemps je me suis cachée derrière le quotidien, le manque de temps, je me suis comparée à de grands écrivains et le syndrome de l'Imposteur était là, tout près.

Mais si l'on écrit c'est que l'on est soi-même, c'est que l'on a des choses à raconter.

Un écrivain ne ressemble à aucun autre. Et c'est parfait ainsi.

Merci à toutes les personnes qui m'ont poussé à reprendre mes vieux carnets et à en remplir de nouveaux.

Merci à mes béta-lecteurs de choc, à mes amies toujours présentes lorsque je doute, à Émilie RIGER qui prend le temps de me guider toujours avec bienveillance. Après mon premier jet écrit sur carnet, j'apprécie désormais de passer à la réécriture car on sent que le texte évolue et qu'il se peaufine.

Merci pour ta mise en page, tes conseils et la joie qui m'envahit en « accouchant » de mon quatrième bébé-livre.

Chers lecteurs, il est désormais à vous, prenez-en soin. Je vous souhaite de passer un agréable moment loin du tumulte ambiant.

N'hésitez pas à me contacter si vous avez envie et à en parler autour de vous si vous avez aimé.

Prenez soin de vous et n'oubliez jamais que les rêves sont accessibles si l'on y croit vraiment et que l'on y met toute son énergie et son cœur.

Isabelle